15の春まで筑豊にて

鶴丸幸代　伊藤幸野

インパクト出版会

はじめに

二〇〇八年の暮れだったろうか。アラ還の同窓会をやるから出ておいで、と友原幸野（伊藤）から電話があった。とにかく会おう、ということで、上野で会うことにした。正確にはその前にも二度ほど食事をともにしたことはあったが、ちょっとした近況報告をしあった程度で、上野で会って話しこんだのが、やっぱり再会といっていいものだろう。四五年ぶりの再会。話し込んでみれば意外と通じるじゃないか。あれ？　という感じ。四五年も時間と空間を異にしてたんだよ。それなのになぜ？

二人は筑豊を懐かしみ、宮田中学校三年七組を懐かしんだ。しかし微妙にすれ違う。二〇一〇年春、わたしの筑豊の話は面白いよ、と友原がいう。ならばと聞いてみると、なるほどわたしの知らないことばかりで面白い。ならばわたしの話を。それは友原の視界にはいってないことばかり。じゃあ、双方の話をつきあわせてみよう、ということになった。一つ、彼女にお願いした。歴史のまないたに乗せて、記憶をたどってみたい、と。

二〇一〇年三月からはじめたこの対話は、メールと手紙のやりとりから始まった。絵巻物のごとく展開する友原の話に、内的精神世界の展開するわたし。会って話し込んだのは九回？　十回？　メール・手紙のやりとりは数しれず。

この対話は生き物だった。回数を重ねるごとに記憶が甦り、新しい気づきがあり、二人とも自己発見の旅にでたような興奮を覚えた。霧のかなたに点在していたものが線でつながり、意味を持った場面へと移行していった。そのたびに、ドキドキしたりワクワクしたり。今度はどこへつれていかれるのだろう、と。


これはきわめて個人的な二人の物語です。だから二人の胸のうちにしまっといてもいい話でした。しかし二人とも、わたしたちはこういうところで、このように育ってきました、ということを、娘や息子たちに、よき理解者である友人たちに、さらにこれからの時代を担っていく若者に伝えたいという思いがでてきたのです。

棄てられた石炭の町、筑豊。そこでもがいた少年や少女たち。先に逝った友たち。エネルギー政策の転換のなか、どん底を必死に歩を進めた人たち。仲間として手をつないだ人たち。大きな影響を与えてくれた先生たち。こういった人たちのことを、知ってほしいと思いました。

途中、有馬（古野）早苗さん、田代保博さん、井田裕治さんの手助けを得ました。感謝です。

西暦ではなく元号を使用しました。わたしたちが小学一年生のときが、昭和三一年であるという単純な理由によります。私たちの学齢と年代の往還がスムーズであってほしいと考えました。

また朝鮮人、女郎など当時差別の言葉として使われたのは承知しておりますが、当時の状況を再現したいがため、あえて書き換えはいたしませんでした。

（鶴丸　記）

『15の春まで　筑豊にて』目次

表紙絵・鶴丸幸代、本文・カバー裏イラスト・伊藤幸野

15の春まで筑豊にて

賑わう町から

炭坑から地鳴りが響いてきた

鶴丸　冬場の夕暮れ、五時のサイレンがなるとともに、遠く炭坑の方からうねるような地鳴りが響いてきた。点滅する灯り。ただごとではない。心臓がドキドキしはじめた。うちとこはのどかで平和そのものだった。穏やかな農村地帯で、豊かではないが、食べるには困らない暮らしをしていた。まわりもみんな。

そこへはじめて、よその世界のうねりが視界に入ってきてね。不安。好奇心。混沌の始まりの予感。五、六歳あるいは四、五歳ころだったか。昭和三十年前後のこと。

後から思えば、あれは炭坑労働者のデモで、地鳴りのように響いてきたのはシュプレヒコール。灯りの点滅はキャップランプが動いてそのように見えたんだと思う。

龍徳から菅牟田がよく見えたんよ。遠くだけど。竪抗も見えてたね。記憶の底にそれがある。

ヤクザの宮参り

伊藤　わたしにはそういう記憶はない。町はただただ賑わっていた。うちは風呂屋だったでしょ。それはそれはいろんな人が来てたよ。

五、六歳のころの鮮明な記憶があるんよ。お風呂に入りにきたとき、お菓子とかをいつも持っていて飴とかいつもくれたりする人がいた。いつも頭なでてくれたり。メチャクチャ綺麗な人だった。

そのお姉さんが、正月のヤクザの宮参り行列の先頭にいたんよ。五、六十人、ズラーッと男たちが並んでいて、その先頭に親分がいて、その横にその女の人がいてね。そのとき初めてトップの女の人だったんだと気づいたわけ。真っ白の着物に錦紗の帯だったね。そして帯揚げがブルーだったかな。

知り合いのお姉さんがいる！

だからあたしは声かけたのさ。ところが駆け寄ったとき水たまりのしぶきがパッとかかったの、その真っ白い着物に。後ろに並んでいたヤクザたちが「なにするんじゃ」って駆け寄ってきた。そのとき彼女が「やめんしゃい。知ってる子やけん」といって何事もなかったように通りすぎていった。鮮烈な記憶として残っている。

ヤクザの正月の宮参りなんて生まれてはじめて見たし、これが最後、わたしも。

ヤクザとアカと

伊藤　森の石松なのよ、わたしのヤクザ観の基本は。正義の味方。弱いものを助け、強いものを挫く。基本それだからヤクザ像に悪いイメージがなかった、子どものころは。

で、この草稿を読みながらいろいろ思い出したのよ。町のなかでアカという言葉がすごく話題になったことがあってね。後から考えると、それは共産党だった。筑豊では共産党の人がずいぶんと動いたじゃない。生活のこととか、民族差別のこととかで。宮田もその影響が色濃かったんだと思う。

そのころ、うちの叔父が製鉄所で共産党を排除する組織の幹部だったのよ。選挙になると共産党から候補者が出るでしょ。叔父が何をやっていたか。いまやったら警察に捕まるようなことをいろいろしてんのよ。夜中にポスターを剥がしたり、ヤクザみたいに脅迫したり、そんな話をうちでしてた。

何の話かわからないけど、興味があって聞いていたら「アカの奴が」とかしきりに言っている。「アカってなんね」って、なにげに聞いたら、叔父が面倒くさそうに「ヤクザより劣る」って言い方をしたの。

叔父が帰ったあとでじいちゃんに聞いたのよ。じいちゃんも「アカの奴が、アカの奴が」って言ってたから。「アカってなんね」って聞いたら「共産党」ってまず教えてくれたのね。で、なぜ嫌いなのか。「朝鮮人とか部落の人間を庇って国の金をとる。そんなことをする人間なんだぞ」とそのときわたしに教えてくれた。「嘘つきで人をだます盗人（ぬすっと）のような人間の集まりだ」って。わたしは子どもだから、貧しいってことがどんなことか分かってないじゃん。現実、ご飯は食べられているわけだから。だからアカが怖くなったね。

この、じいちゃんに植えつけられた共産党観、高校時代に『蟹工船』とかいっぱい本を読むようになって、あっ、そうじゃないんだよなってある程度分かった。でも日本の社会に全部受け入れられるかというと、無理だろうなとは思った。じいちゃんたちにとっては、全く逆なんだよね。アカってのはとんでもない人間なんだよね。天皇陛下を奉らなければ自分たちが生きていけないというか、日本人であることを変な意味でメチャクチャ誇るというか、日本人であることを非常に強調したがっている。

『青春の門』に金朱烈という人が出てくるでしょ。戦争中は非武装抵抗をして重営倉をくらい、戦後は労働組合の幹部をやっていて、冤罪らしきもので獄につながれている人。それとか他の本を読んだとき、アカってものが分かったわけよ。あっ、共産党ってこういうことをやっていたんだ、なんも悪くないじゃん、とはっきり思ったわけ。やったこと自体は、知識のある人が知識のない人にいろいろと教えたわけでしょ、人権のことか。これでじいちゃんの言ってることが間違ってる、と。基本、わたしの知ってるヤクザの親分観はアカに近いのよ。弱いものを助けるのが何が悪い、という世界。

余談になるけど、『青春の門』で後に主人公伊吹信介の育ての親になるヤクザの親分、塙竜五郎は金朱烈が捕まったとき、その無実を証明しようとあちこち奔走するでしょ。アカとヤクザという大きな溝を超えてね。わたしのヤクザ観はそういう世界だったね。

今は違うよ。今のヤクザは認めてないよ。昔のヤクザは素人さんには手をださないってのが鉄則だった。今は、素人を食い物にして金を稼いでいる。薬物しかり、売春しかり。サラリーマンの顔をして近づいてくる。怖いよ。

毎日がお祭り　そして赤線がなくなった

伊藤　町はとんでもないところよ。二四時間提灯がついていたもの。うちの風呂なんか午前二時までよ。風呂は十二時に閉めるのよ。ところが掃除してたらもう午前二時。二時でもここらの食堂は開いてたもの。

うちは従業員はいないよ。家族だけでやってた。人数が多かったからね。あの時代、うちに入りにくる客はすごい数だったね。三百から四百人くらい。この商店街からだけ。炭坑からはこない。炭坑には炭坑の風呂があったからね。ヤクザもいっぱい来てたし、赤線の女の人たちもうちに入りにきてた。赤線がなくなったのは小学三年になったときだと思う。

話はそれるけどね、ちょっと説明しとくとね、うちの南小学校はもとはいま町役場のあったところにあったんよ。いっぱい子どもが生まれた時代だから、わたしたちは校舎がなくて講堂を六つにベニヤ板で仕切ってそこで勉強してたのよ。小学二年まで。一クラス五四名の六クラス。うちらのとき全く校舎が足りなくなったのね。それで生見（ぬくみ）の方に新しい校舎を作ったのよ。三年からそこに通った。

そんなゴタゴタしたなか、三年になったときには完全に提灯が消えた。あきらかに灯りがなくなった。一瞬にして。昭和三三年だね。

うちは赤線街のど真ん中じゃない。そういう人たちが散っていった記憶がある。だいたいのところは食堂に変わったんよ。女郎さんがそこの女中さんになったり。しばらくの間、みんな行くところがないじゃない。二、三の人は貝島炭坑のエライさんのお妾さんになって小さな料理屋とか食堂を構えていた。それも二、三年で消息不明になっていったね。大半の人たちがどこへ行ったのか？

まわりの人たちから「あの人たちが守っている」って言われたんだよね。「あんたたちがこんなに夜遅く歩けるのはあの人たちがいるから。こんな乱暴な人間のいっぱいいるところで歩けるのは、おかげさんなんだよ」って言われた記憶があるのよ。意味不明だった。

ともかくある日突然、街は様変わり。あなたの記憶にある、あの健全な街になったのよ。街が盛んに動いていたときは五、六歳のころ。いや三、四歳のころから記憶にあるね。やっぱりすごい刺激的だったんじゃないかな。賑やかで毎日がお祭りだった。

あの人たちは汚い？

伊藤　思い出した。一般客からクレームがきて一番風呂の行列を禁止にしたと思う。そのせいかバラバラに来るようになって、そのうち赤線関係の客が極端に少なくなって、全く姿が消えたのが赤線がなくなったとき。

腿に「命何々」と男の名前を、背中に牡丹、腕に桜の入れ墨とかしてるのを風呂場で見たよ。みんな優しいという印象があったし、凄みのある妖艶さを持ち合わせていたように思う。

わたしは物珍しい気持ちと怖いもの見たさで、用もないのに風呂場をチョロチョロしてたのよ。なぜ興味を持ったかって？　たぶん祖母とか母の「あの人たちは汚い」といった蔑むような話を聞いて、どんな風に汚いのか見たかったのだと思うよ。

なにが汚い？　あんなに石鹸で身体を必死に洗っているのに、という感想をもったことも記憶している。一般の人より丁寧に全身を洗っていたように思うよ。

人を差別することへの反発心は、ここら辺から生まれたのだと思う。ヤクザはいるわ、なにはいる。人間模様を幼いときから見せられ、まあ、街の真ん中で街中の噂がとびかう人の出入りの激しい風呂屋だから。大人たちはわたしが幼い子どもだと気をゆるめ、わたしの存在を忘れていろんな噂話をしたんだと思う。矛盾だらけの話に抵抗があり、子どもながら反発心が芽生えたね。それでいて耳ダンボで噂話を聞いていたように思う。

鶴丸　ヤクザが町を仕切っていたことも赤線があったことも、この作業を始めるまで全く知らなかった。たった四キロの距離、バスで五分のところなのに。うちは父も母も人の噂話とかしない人だった。

伊藤　なんという純粋培養の世界！（大笑）

鶴丸　この年になるまで自分が純粋培養育ちなんて考えたこともなかったよ。

赤線廃止

売春防止法は昭和三一年五月に公布され、翌三二年四月から施行されている。しかし刑事処分の規定だけはさらに一年間の猶予があって、三三年四月から施行された。公式名称「特殊飯食店」という業者の転廃業の状況は地域差があった。宮田町の赤線についていえば、伊藤が「赤線関係の客が極端に少なくなって」と語っているように、三二年の段階で廃業したところはかなりあったのかもしれない。

赤線女性の公式名称は「接客従業婦」。全国接客従業員組合連合という赤線で働く女性たちの組合が三一年三月末に結成されている。その組合は政府に次のような申し入れをしている。

売春は一つの職業であり、売春婦は労働者である。職を追うなら失業保険、生活保護などの生活保障を適用せよ。失業問題、戦争未亡人問題、人口過剰による農漁村の貧困問題を先に解決せよ、と。

元遊郭のうち

伊藤　知り合いのあるうちに遊びに行かされたのは小学一、二年のころ。この家には二つ年上の女の子がいてね。遊びにおいで遊びにおいでって言うもんだから、それで行ったんだけど。もう遊郭は切り上げてた。

行ってみて、普通のうちとどこか様子が違う。家の作りがどことも違う。普通の民家じゃないのよ。裏にでっかい蔵があった。家は三階建て。不思議な家で二階にトイレがあったんよ。怖くてね。昔の家だからポッチャン便所でしょ。それがうちの二階より高いところから落ちる感じなのよ。後で聞いたんだけど、逃げられないように、と。

鶴丸　トイレから逃げるという手もあったんだ。その知り合いのうちは、それも封じていたんだね。

伊藤　女郎屋さんのなかで一番手広かったし、一番敷地も広いし。中庭も変わっていてね、普通より地面が低くて、ここで誰かが見張っていたのかなと思う。トイレは五つくらいしかなかった。

その遊郭で働いている人はうちの風呂にこなかったね。他の業者で働いている人たちは来たよ。遊郭をやめたのがいつなのか。ずい分前だったんだね。記憶にないから。その遊びに行ってたうちの家族はうちの風呂に入りに来てた。

叔母たちの話では五十人くらい働いていたという話よ。うちのすぐ隣の遊郭でも十以上の部屋に分かれて、あと大部屋があったような記憶がある。。それよりずっと手広いわけだから、もっとあったはずだよね。これだけの人を見張らなきゃならない。女の人たちは前借り、借金だらけだったんじゃないかな。

幽霊がいた

伊藤　わたしが泊まったのは、この中庭に面した二階の部屋。中庭に大きな木が二本あって、寝てるとその木が揺らぐのさ。風のせいだと思っていたんだけど、なんか目が醒めて。障子越しに人が歩いて来るのよ。浴衣みたいな着物の裾がひらひら動くのよ。ふらふら。住んでる人は七人だってわかってる。でもね、その人たちとは違う。

なんか女の人が動くのよ。不思議でしようがなくて。はじめは風だと思ったけど、でも人影が行ったり来たりするのね。怖くなってその彼女に「ね、だれかいるよ」って言ったの。そしたら「いつもだから」と言うのよ。わたしは一晩中眠れなくて。泊まりたくないと思っても泊まってくれというから、嫌でしようがないけど月に一度くらい泊まりに行ってたのかな。

昼間は暗い部屋で二人で遊ぶのよ。人形遊びをするんだけどね。どこからも日が射さない部屋で。わたし聞いたの。「なんでこんなとこで遊べるの？　怖くない？」って。そしたら「慣れたから」って。そこらにある五、六体の人形がみんな生きてるような気がして、わたしにはすごく怖かった記憶しかないの。

叔母はそのうちで家庭教師みたいなことをやっていた。その繋がりでわたしが泊まりに行っていたのよ。叔母もみてんのよ。で、わたしはその叔母に「怖くて怖くて。もう行かん」って言ったのね。「幽霊がいたんよ」って。「ユキちゃんもみた？」って言ったあと、なにげに「あそこは女郎屋さんだったから」って言ったのね。

それからわたしは探りはじめたわけよ。耳をダンボにして。それで女の人の何人かが、そのうちで亡くなっていることを知った。肺が悪くなったり、梅毒になったりするとそのまま放置して治療をしなかった、って叔母が言ってた。

知り合いのうちはお金持ち？

伊藤　このうちの小父さんがわたしたちを二人を蔵に連れていってくれたのよ。ものすごい鍵が蔵にはかかっていた。電気がつくようになっていてね。
桐のタンスがズラーッと並んでいて、タンスを開けて見せてくれた。自慢したかったのかもしれないけれど、それはそれはもうすごい物がいっぱい入っていたの。日本刀とかピストル、あとは宝石。これはいくらする、これはいくらするってね。こっちは早く出たくてしようがなかった。
出たあと、叔母に蔵に入ったって話をしたら「自分も入った」って。「怖かったやろ。あそこで何人もの人が死んでいるんよ」って。まわりの人はみんなそのことを知っていた。この小父さんの両親の代の話なんよ。
このうちは、他で食べたことのないものを食べさせてくれてね。それに引かれて、行ってたのかもしれないね。おやつが出るのよ。シュークリームとか今日はなんとかのアイスクリームがあるからとか。とにかく高級なものがここにはあったのよ。それがわたしを引きつけたのかな。泊まったら、とんかつを食べさせてくれたり。今日はすき焼きだから、とか言って誘いにくるのよ、彼女が。

鶴丸 当時のわたしには、食べることはおろか見たことも聞いたこともないものばかり。どこで買ってきたんだろうね。

伊藤 博多まで買いに行ってたのかな。服なんか全部井筒屋（当時博多一番のデパート）だったから。

宮田町というところ

まず、「筑豊」について説明しておきたい。福岡県北部、遠賀川流域にある炭田地帯を筑豊炭田とよぶ。筑豊は飯塚《いいづか》、田川、直方《のうがた》、中間、山田の五市、遠賀、鞍手、嘉穂、田川の四郡、北九州市の一部（香月、木屋瀬）から成り、遠賀川とその支流に沿うため「川筋」の名で親しまれてもいる。

石炭は江戸時代から家庭用燃料として採掘されていたようだが、明治期、近代産業の発展にともない本格的に石炭採掘ははじまった。八幡製鉄所の創業が、筑豊の発展を加速させ、筑豊は北九州工業地帯の重要な立地条件となっていった。日本の近代化に大きな役割を果たした地域である。

鞍手郡宮田町は、この筑豊の北東部に位置する。

明治期、貝島太助が宮田村大之浦の鉱区を買い、それが豊富な埋蔵量とすぐれた炭質であったことから、町としての発展がはじまった。筑豊炭田の有数の炭坑町であった。

昭和三〇年の町の人口は、五万六二六六人。そのうち「鉱業」が三万三九二六人、「農業」七五五〇人、「商業」三五〇七人、「その他」一万一一九三人。前年に隣村と合併してこの頃が一番人口が多かった。

　四〇年には三万七〇〇〇余人。露天掘りで知られた貝島大之浦炭坑が完全閉山する五一（一九七六）年の前年、五〇年には二万五〇〇〇人と人口は減少の一途をたどっている。

　現在はトヨタ自動車九州の工場などを誘致。隣町と合併して宮若市という。

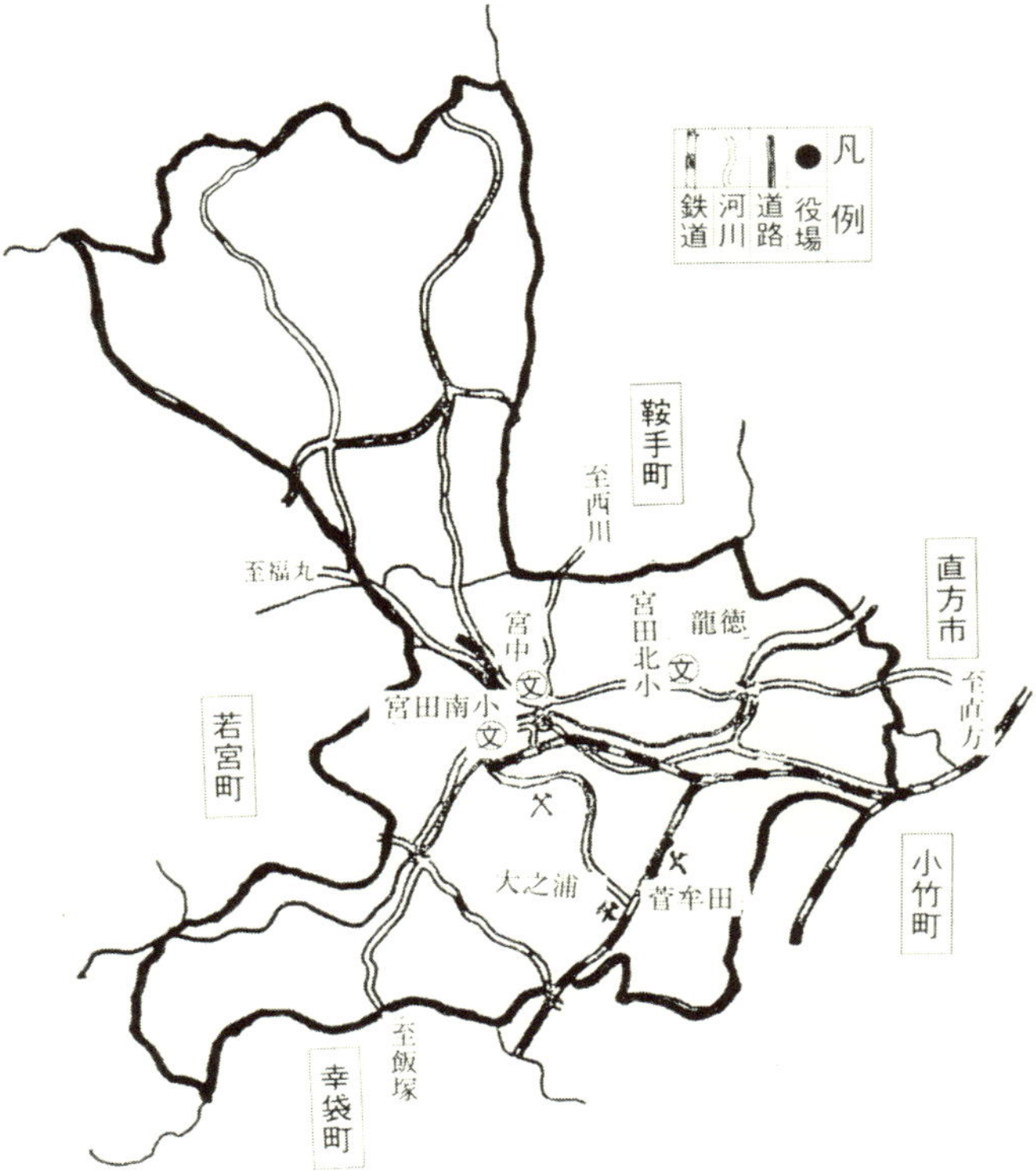

ひもじい

子どもが「ボタ拾い」をして働いた

鶴丸　うちは農村地帯だから炭坑関係の家は少なかった。その数少ない一人にU君という朝鮮人の同級生がいた。なんで朝鮮人だと知っていたかというと、名前は日本人名なのに、やっぱり陰口だったんだと思う。チョーセン、チョーセンいうのがあったんだね。いつの間にか、彼は朝鮮人というのがわたしの頭のなかに刻まれていたから。

学校はよく休むし、痩せこけて身なりは汚いし、卑猥な言葉を投げつけては挑発するし、正直いってわたしは怯えて近づけなかった。でも彼に優しくつきあってやる女の子がいてね。彼女がいたからU君も学校に来れたんじゃないかな。わたしは複雑な気持ちになったね。えらいなと思う気持ち、どうして怖くないのという気持ち、とくに卑猥な挑発に怯えてたからね。遠巻きにしてたのはわたしだけじゃなくて、全体的にそうだった。

もう一人、N君という子も学校を休みがちだった。お父さんがいないという話だった。学校を休んで「ボタ拾い」をして働いているんだよ、と誰かから聞いた。ボタ山にはいい石炭や、売れないけどくすぶっても燃える石炭がまじっているわけ。それを拾い集めて売っているんだ、と。

その話を聞いたとき当然のことながら、それがどういう労働なのか想像もできなくてね。でも「同級生が働いている」「病弱なお母さんの代わりに働いている」ことにものすごく胸が痛くなった。そのときU君も働いているんだな、とわかったのよ。

他の同級生の顔や名前も担任の先生の顔や名前も曖昧でよく思い出せないの。でも、この二人の名前と顔はしっかり記憶に残っている。それほどこの二人の存在は衝撃だったんだと思う。小学三年だった。

U君もN君も四年のときには、姿を見かけなくなった。五、六年のころはどうだったんだろう、と思って隣のクラスの友人に聞いてみたら、知らない、と。北小は二クラスしかなかったからね。だから、五年、六年も学校に来なかったんじゃないかな。

わたしも働いていたけれど

決してわたしが働いていなかったわけじゃないよ。当時の農家は三ちゃん農業だった。つまりじいちゃん、ばあちゃん、母ちゃんで農業をやり、父ちゃんは金稼ぎに出るパターン。あのころ専業で農業をやれるとこは殆どなかったんよ。

うちはじいちゃんはもういなかった。ばあちゃんも年で家のなかの仕事専門。だから母ちゃん一人で頑張って、休みのとき父ちゃんが馬力を入れて力仕事をする。あとは子どもたち五人をフルに働かせて何とかしのいでいたのよ。苗取り、田植え、夏の田んぼの草取り、稲刈り、稲こぎ。四月から十二月中旬までかかった。

だからわたしも小学一年で田植えデビューしたよ。もっとも七歳の植え娘は足手まといでね。すぐ追っぱらわれて田植えのときは賄いの方にまわされたのかな。でも三年のころにはしっかり田植えもやってたな。

夏場の仕事のときはお昼にいつもソウメンを茹でてた。それにトマトとキュウリをザクザク切って三杯酢をかけて食べる。毎日、毎日。誰も文句を言わなかったね。

まわりの近所の子たちは、もうあまり農作業を手伝わなくなっていてね。だから蛭に食われながら苗取りなんかしていると、ああ、あのころは近所の小母さんたちが順繰りに近所の農作業を手伝ってまわっていたんよ、隣組いうのかな、その小母さんたちによく褒められてね。おだてに弱いのか、せっせと働いていたような気がする。そういえば田植えどきは何日か学校を休んでいいことになっていたね。公休扱い。一、二年のころ。

でもね、いまこうして思い返してみると、うちの胃袋はみんな満たされていたんだよね。それになんの不思議も感じていなかった。だからN君が働いていると聞いて、そしてU君もきっと働いていると気づいて、あっ、質の違う仕事をしている、ひもじさの問題なんだ、って棘が刺さったんだと思う。彼は今日のひもじさをしのぐために、ボタ拾いをし、ボタを売りに行っている。当然のことながら当時はこんなにはっきり言えないよ。棘が刺さったというのが正確なところ。

まったく異なる世界が、突如のどかな世界にはいりこんできた。

ボタ山

掘り出した石炭のなかに混じっている燃えない石のことをボタという。それをトロッコに積んで頂上まではこんで捨てる。すると円錐型の、遠目には三角形の灰色の山になっていく。傾斜は急である。ただしトロッコの走るレール道のみ傾斜は緩やかである。そして百メートルくらいになると次のヤマを作る。

このボタ山には選りおとしたいい石炭や、売れないがくすぶっても燃える石炭が混じっている。「ボタ拾い」はそれを拾い集めて売る。頭上から大小のボタが落ちてきて危険な仕事である。土門拳の写真集『筑豊の子どもたち』には、荒れて膨れあがった手でボタ拾いをする小さな子どもたちの姿が何枚か集録されている。

筑豊には四方にボタ山があった。ついでに言うと、川は石炭を洗った水を流すから真っ黒であった。

筑豊に新幹線と九州自動車道が通るとき、古くなったボタ山も次々に崩されそれらの基礎となって姿を消していった。現在は、残ったボタ山は小山になり、灌木が生い茂って、どこにボタ山があったのかも分からなくなっ

ている。川は透明になり白鷺が川虫をついばんでいる。

雨靴がない

鶴丸　このころもう一つショックをうけたことがある。

雨が降続いたときだったから、きっと梅雨時だったんだと思う。雨に文句を言ってたわたしに、父はボソッと一言。炭坑の子は雨靴がないから裸足で学校にくるんだよ、と。父は炭坑の学校に出ていたのよ。

それからは雨が降るたびに、裸足で学校に通うってどんな感じなんだろう、冷たいだろうか、ビショビショになって気持ち悪いんじゃないかな、そんなことを思った。小学三年のころ。

圧倒的な飢餓がやってきた

朝鮮戦争特需にわいた炭坑も昭和二七（一九五二）年七月に休戦協定が結ばれると、とたんに不況におそわれることになった。

政府は大手（三井、三菱など）を残し、中小の炭坑をつぶしていく合理化政策を進めていった。労働現場では労働が強化され、賃金の切り下げ、不払い、遅配が続出していった。二九年だけをみても、これらによる新たな失業者は、九州だけで二万八千人にのぼっている。

昭和三三年にベストセラーになった『にあんちゃん』の作者、安本末子さんの二一歳の長兄は、この二八年か二九年ごろ失業し、四人の兄弟は散り散りになるのを余儀なくされていった。『にあんちゃん』は両親を亡くした安本末子さんの小学三年から五年（二八年一月から二九年九月）までの日記である。この当時の小規模炭坑の暮しや学校生活、職を追われた抗夫の苦境が、淡々としかも苦渋の滲んだ筆致で綴られている。一家は筑豊ではなく、佐賀県の入野村にある大鶴炭坑の炭住に暮らしていた。

三一年、神武景気に一瞬息を吹きかえしたかにみえた炭坑だが、翌三二年のナベ底不況の中、苦しさは一段と増していった。石炭から石油へのエネルギー政策の転換がはっきり目に見えるようになってきた。この国策としてのエネルギー政策転換の背景にはアメリカの圧力があった。ちなみにエネルギー自給率は二七年八四・

八%から四八年には一〇・一%に激減している。

日本全体の経済状況をみれば、三四年の実質経済成長率は一四・六%。輸出量は戦前水準に回復している。三五年の実質経済成長率は一三・二%。政府は国民所得倍増計画を決定し、本格的に高度成長の時代に入っていった。

世の好景気の一方で、失業者を産みだし続ける炭坑合理化の嵐は止むところをしらず、ただただ炭坑労働者を切り捨てていった。中小炭坑の首を切られた労働者とその家族は、追いつめられ飢えに苦しめられていった。土門拳は写真集『筑豊のこどもたち』のなかで、三四年暮れ、飢餓人口二〇万人と書いている。五万人の失業者がでれば、その家族を含めておよそ二〇万人。決して大げさな数字ではないことが解る。

その写真展は三五年三月、開催され反響をよんだ。またその前年、三四年には福岡の主婦の呼びかけで黒い羽根募金運動もおこされた。今村昌平監督で『にあんちゃん』が映画化されたのも三四年である。

守田先生

伊藤　守田先生はもともとは数学の先生でね、中学の方に行きたかったのよ。ところが空きがなくて小学校に来た。新卒で突然三年二組を受け持ったわけよ。右も左もわからない若い先生だよね。わたしたちを見て可愛いと思ったのか、必死だったのよね。当然どこのクラスも同じだけど、混乱し貧富の差が激しいクラスを受け持ち、彼のなかでなにかがおきたんだと思うの。それで熱血先生になっちゃった。辞職願いをいつも懐に入れて、はちゃめちゃなことをわたしたちに突きつけてきた。いい意味でよ。例えば正義とはなんぞや、とか。小学三年のわたしたちによ。言葉としては違うのよ。

鶴丸　具体的なことを突きつけてきた?

伊藤　そう、それをもう毎日。例えばちょっとした争いごとがクラスにあるでしょ。「なにやったんだ?」「これこれこういうわけです」と答えるでしょ。正しいと思ってる子に向かって「お前が悪い」と突然突きつけるわけよ。思考能力なんかそんなに発達してないでしょ、まだ。ところがなぜ悪いかまで説明するわけよ。説得できる力というのがす

3年2組と守田先生

ごいなと思うんだけれど、大人言葉じゃなかったんだと思うんだよ。はっきりといいことと悪いことの区別をしてくれた。

例えば宿題を仲のいい早苗と一緒にやるじゃん。宿題を提出しろと言われて、捜したらないわけよ。あわてて早苗に「持ってくるの忘れちゃった」と。「ユキノ、どうした」「忘れました」「立っとけ」。そこで早苗がもちまえの正義感出して「ユキちゃんはやりました」と言ったの。そしたら「早苗も立っとけ」というわけ。

意味不明なわけ、二人とも。早苗は激怒するわけ。「わたしがなんで立たなきゃいけないの?」と。「いいから立っとけ」って言う。他の忘れた子は拳骨ですんでんだよ。わたしは「やったのに忘れました」。早苗は「ユキちゃんはやりました」と味方しただけ。なんでだろう、ひどい。わたしたちのことを絶対差別している、わたしら苛められている、と。十五分ほど立たされて「来い」と言われて、早苗が「なんで立たなきゃいけないんですか」って食ってかかるわけ。「まだ分からんのか。ユキノ、分かるか」って。わたしも解からない。「よく聞け。社会に出て、やってきたことを忘れました、で通るか。世の中、そんな甘いものではない。やっていても提出できなければ、やらないと一緒だ。覚えとけ」って。

それを聞いたときわたしたちはまだ納得してないわけよ。でも直きわかった。大事な仕事をしたとき、やりましたけど忘れました、じゃ通用しないよなって。二人で「すごいね」とか言いながら帰った記憶があるの。そういう教育をしてくれた最初の先生なのよ。とにかく大好きだった。

十二月上旬、三年二組の同級生井田裕治君から、守田先生の思い出を記した手紙が届いたのよ。写真と一緒に。

放課後、かけ算の九九を覚えてない子が残されて、九九の暗唱にはげんだこととか、昼休みに裏山に登り、野の花の芳しい匂いに誘われて、花の根元の蜜を吸うのに夢中になって時のたつのも忘れてしまったこととか。授業に遅れて、当然守田先生に大目玉をくらったわけだけど。

それでまた思い出したのよ。で、井田君や早苗にも電話で確かめた。

放課後、かけ算の九九をみんなで必死に覚えたのよ。できない子だけじゃなくて、みんなでやったのよ。一人ずつ先生の前に立って、九九を暗唱するの。で、ひっかかった子はもう一回戻れ、と。何度も何度もやるわけ。すらすら言える子はこっちにこい、と。数人いたかな。最終的に五人だったたか。井田君は最初ちょっとひっかかったけど直ぐに五人のなかに入ってきた。

できない子は何度やってもできないじゃん。先生が、できた子は輪を作って、できない子に教えてもう一回こさせろ、と。一週間近くやったと思う。それでみんなが九九が言えるようになった。その間、悲惨な感じは全くなくて、教えるほうも必死だし、覚えられるほうも一生懸命。先生だと緊張するけど、友達同士だからリラックスして覚えられるからね。覚えたら、よかったねって手をたたいて、先生のとこに行かせるの。でも引っかかるときがあるのよ。また戻ってくるわけ。で、また輪になって覚える。できない子をほおっておかなかった。先生も友達も。

井田君は、守田先生のような先生になりたい、と思って先生を志したって、わたしは何度も聞いたことがあるのよ。でも現実には時代も違うし守田先生のようにはやれなかった、といってたよ。

人間としてやってはいけないことがある

伊藤 「朝の会」ってのがあるじゃない。そのときに突然なにも言わずに「S、前に来い。みんな机をさげろ」って。「S、意味わかるか」って言ったら彼は黙ってたの。「顔をあげろ」って言ったのね。そして殴りはじめた。首根っこつかまえて平手うち。

最初わたしたちは何で殴られているのか分からないけど、怖いものみたさというのがあるでしょ。そういうところで最初は見てたんだけど、あまりに長い時間だから、だんだん自分たちが怒られているような気になるわけよ。先生はわたしたちに何も言わずに、眼鏡をクッとあげながら殴り続ける。誰もとめられない。意味が分からないから。殴っている理由も何もわからない。教室中がシーンとして、ただパチパチ殴られる音しか聞こえない。三〇分くらい。半殺しみたいな感じよ。わたしたちは、もう彼は死ぬんじゃないかと思った。

先生がやめたとき「S、わかるか」って言ったのよ。S君はそのときうなずいたの。「もう二度とこういうことをするな」と。S君の顔はおたふく風邪みたいに膨れあがって、真っ赤に腫れあがってた。先生は彼を小使い室に連れていって、ほっぺを冷やして。S君はもう戻ってこなかった。後で聞いたら、ずっと冷やしていたみたいなのね。先生は教室に戻ってふつうに授業した。なにも言わずに。

殴られた理由は盗み。事情は早苗のほうが詳しいから、今度会ったときに聞こう。このこと活字にしていいですか、って守田先生に電話で尋ねたのよ。そしたら、いいよいいよ、悪口でもなんでも書いてくれ、って。

十一月中旬、幸運なことに宮田町在住の古野（有馬）早苗さんが上京なさった。そして貴重な半日をわたしたちのために割いてくださることになった。以後の早苗さんの発言は、すべてそのときに聞かせてもらったものである。

古野　S君のことは……。

学級費がなくなったわけ。持ってきた子が「なくなった」と。みんなに聞いたけどない。あらためて調べたけどなかった。でも調べたなかにはなかったけど、ある子が見てた。S君が帽子のなかに、内側に入れていた。みんなが捜してもわからないとこに入れていた。

大きくなって同窓会のときに「先生、なんであんなに叩いたんですか」って聞いたらね、「小学三年生なのに、盗ったというそのことの以前に、巧妙なことをするというのがね、ものすごくつらかった」って。大人にわからない帽子のなかに隠して、認めなくて、大人を侮って、先生はそれを許しきらんかったんやね。

それでお父さんが次の日に見えてね。「なんでうちの息子は叩かれたのか。息子に聞いても言わない。うちの息子をこれだけ叩いた理由を言うてくれ」と。先生は「子どもの出来心というのもあるだろう。お金がなかった、というようなことだったらそれも一応はわかる。しかし人にわからんように帽子の内側に隠して、というのは犯罪以上のもんだ。人間の心としてそれはダメだ。ということで私は怒りました」って言ったら「わかりました。申し訳ありませんでした」と言ってお父さんは帰られた。お父さんはすばらしかった、とおっしゃってた。

S君は地元に住んでいるけど、守田先生のことはいまだに嫌ってるね。守田先生のとこの同窓会だけは絶対に嫌っていうね。小学三年生、八歳か九歳、人間としてやってはいけないことがあるってことが、まだ十分に理解できなかったかもしれないという方が無理だったのかもしれないって、先生はおっしゃってた。

弁当のない子がいっぱいいた

鶴丸　守田先生は小学三、四年の担任だから昭和三三、三四年度の担任ということになる。世間は好景気にわき、一方筑豊では首を切られた人、賃金を払ってもらえない人などがどんどん増えていって、その落差には目のくらむようなものがある。土門拳が『筑豊のこどもたち』の写真を撮ったのは三四年。写真集にも弁当のない子が、弁当時間、懸命に『りぼん』とかの漫画雑誌に見入っている姿がある。

伊藤　弁当を持ってこない子がどうしてたか、わたしは知らなかったんだ。たしかに弁当の時間になるといなくなる子はいたな、っていうくらいの記憶しかない。みんな明るいし、帰ってきたときに暗くもない。ふつうにしてるのよ。だから全く気にもしなかった。

それで早苗が先生に卒業してから問いかけたのよ。「いつも十人くらい居なくなってましたよね」って。「おまえ、よくわかったな」って。「どこへ行ってたんですか？　遊んでたんですか。おーい、行くぞー、って先生が叫んでたから」と聞いたのね。そしたら小使い室にいって、小使いさんに頼んで、ときどきうどんを作ってもらってたらしいの。

鶴丸　中学に入ってからも、弁当時間になると裏山に時間つぶしに行ってる子はいたって、この前早苗さんが言ってたね。昭和三七、八年だけど。

ひもじい思いをしている子がこんなにいるのに、国も自治体もなにもしないというのが悔しい。でも、この当時、こんな福祉的な考え方はなかったんだ、とも思った。

五〇年ぶりに『にあんちゃん』を読み返していて、教科書も有償だったし、いろいろとお金のかかるとこだったんだな、学校というところは。日記には、教科書のお金がないから学校に行けない、という記述もある。安本さんの場合は先生方が配慮してくれたみたいだけど。教科書はわたしらが一年になったときから、「経済的に困難な児童」のみ無償になっている。

ちなみに給食に関して言えば、北小は四年のときから給食がはじまった。現金のない家は米や野菜で給食費を払っていると聞いたことがある。うちも米を納めているから、と言っていた。でも南小はずっと給食なしね。

昔話をしていると、よく脱脂粉乳がまずくって、という話がでるのよ。給食の普及状況は全国的にみるとどうなっていたのか。推測だけど、筑豊は遅れていたのかもしれない。筑豊のどの町も、頼みの炭坑が超不況に陥っていたのだからお金がない。調べようと思ったけど、この件は間にあわなかった。

教科書代は？

教科書無償化への道は、混乱をきわめている。

二六年、公立小学校に入学する児童に対して、国語と算数の教科書が半額国庫負担となり、翌二七年、全額国庫負担となる。同時にその対象が私立学校の児童にまで拡大された。しかし、二九年には財政的理由からその実施が停止される。三一年には二七年の法律そのものが廃止され、さらに経済的に就学困難な児童生徒のみに限定して、全教科を無償配布するという形になった。義務教育諸学校の全児童生徒を対象とする教科書の無償配布は、三八年まで待たなければならなかった。

わたしの中のなにかが……

鶴丸　わたしの中のなにかが狂いはじめたんだよね。それまでは自分の身体と感覚が、それなりにまとまってたと思うの。ところが世の中の動きに感覚がついていけない。宙ぶらりん。このころは、わたしの記憶の空白期。現象は点在して記憶しているのだけど、意味をもったものとしては存在しないというか。

争議は激しくなるいっぽうでしょ。連日、菅牟田の方からデモ隊のシュプレヒコールが聞こえてくる。黒い羽根も買った。『にあんちゃん』も読んだんだ、と思う。読みなおしてみると、記憶に残っているから。炭坑のおかれた状況、労働運動、失業者、貧困、飢餓、そういったいままで知らなかったものがどっと押し寄せてきたのよ。

どうして、いろんなことを知ったんだろう?

思いだした。小学四年の終わりごろ、テレビが入っているんだ。兄が高校の修学旅行に行かないで、その積立金で部品を買い集めテレビを作った。兄は五年のときにはもう福岡市に行ってたんで、四年の終わりごろだったんじゃないかな。

それに、わたしは小さいころから活字中毒かと思われるくらい本を読んでいた。新聞も読んでいた。西日本新聞だから地元のことは詳しく報道される。思いだし思いだし振り返ってみれば、いままでと違って、圧倒的な情報量だったんだね。

とにかく、この筑豊をめぐる一連の動きとその情報は、暴風雨の勢いでわたしを直撃したんだと思うのよ。当時は何かがおきてるのは分かるけど、なぜこういうことになるか、このつらい状況をどう解決していけるのか、それが消化できなくて、ただうろたえ、一人心痛めていたような気がする。U君やN君、雨の日裸足で雨の日に登校する子どもたち、彼らの背景にあるものを理解したのはこのころだったんじゃないかな。

でもその後、一年くらいでパタッと静かになるでしょ、筑豊に関してジャーナリズムは。えっ、これまた何がおきたんだ？　と思ってるわけよ。世間の人はみんな筑豊や炭坑のことに心痛めてくれてたんじゃないん？　えっ、みんな忘れたん？　わけがわからなくてね。

とりあえずそのままに。わけがわからないことにはパタンと蓋をして。何もかも分からないことは心の奥底に沈めて蓋をしとこう。後で考えよう。大人になって。とりあえずいま自分は飢えてないし。

背骨のとこがもぞもぞして、背中をクネクネするのよ。五年のときだったたね。あれは何だったのだろうと思うことはあっても、ずっとわけが解らなかったんだよね。クネクネするのもしばらくすると収まったし。でも、今度こんな作業をはじめて、あっ、もしかしたらこういうことだったんだ、って繋がってきた。要するに、社会というものがわたしの器の容量では理解できなかったんだね。

器をはみ出したものに翻弄される恐怖？　急に梯子をはずされたような恐怖？　飢えることの恐怖？　裏切られたという思い？　こんなものがないまぜになっていたんじゃないかと思う。身近なとこでこんなに苦しんでいる人がいるのに、と。

このころ悪夢もみている。うまれて初めての悪夢じゃないかな。ピラミッドの頂上にたっているわけ。あれは巨石の集まりでしょ。その巨大な石のとっぺんあたりに小さなわたしがいて、うろたえて、パニック状態になっている。下を見下ろしたら、降りようも跳びようもない切り立った巨石が際限なく積み重なっている。もちろん一人きり。ただうろたえて怯えてた。もう一つは、エレベーターの底が抜けて、これまた際限なく暗闇のなかに落ちていく、という夢。もちろんキャーといって夢から醒めて、まだ両親が起きていて、それで安心して、養命酒をキャップ一杯飲ませてもらって眠る夜がしばらく続いたのかな。どうもあのクネクネ病のころと、この悪夢のころと同じ時期だったんじゃないかな。

「しばらく」といってもどのくらいの期間か覚えはないのよ。ただ、このころから外国文学に夢中になりはじめてるのよ。日本文学はダメ。現実感がありすぎるから。

このころの日本という国や世間の人は、筑豊を棄てて忘れ、豊かさに向かってばく進していった、という思いが強いのよね、わたしの中で。マスコミはこのころから心の底では信用しない。お国も同様。潜在意識に沈められているけど。

生活保護

ここに「生活保護世帯の推移」という統計資料がある。『宮田町誌下巻』記載のものである。

昭和三五年からの資料しかないが、その三五年は、七六〇世帯二五四二人が生活保護を受給している。町の人口からみると二〇人に一人くらいの割合である。五年後の四〇年、東京オリンピックの翌年、一四八三世帯四四〇二人が受給。大ざっぱだけれど、八、九人に一人の割合になる。このころが一番多い。

追いつめられた観のあった三四、五年より五年後のほうが受給者は二千人近く増加、受給世帯は二倍弱増加。どういうことなんだろう。町誌にその説明はない。

後に述べるように（「その後の炭坑」参照）、政府は、能率の悪い炭坑は四二年度までに閉山するという「スクラップ・アンド・ビルド」と呼ばれる合理化方針を打ち出している。貝島炭坑も大之浦の露天掘以外は閉山がはじまった影響なのだろうか。

そのころの炭坑離職者の状況は、元気のいい人たちは県外に職を求めて町を離れていった。人口激減にそれははっきり見てとれる。残ったひとたちは病気や病気の家族がいたり、何らかの事情を抱えていたのであろうと推察される。

ところで、生活保護制度は、本当に生活を保護しえていたのか。重症の結核療養患者朝日茂さんが、療養所の貧しい給食だけでは栄養が不足するので、毎月わずか四百円、バター四分の一ポンド・鶏卵十個・果物少々に相当する補食費の留保を認めよ、と争った朝日訴訟がおこされたのは三二年のことだ。この訴訟は三五年、一審勝訴したものの四二年最高裁で敗訴が確定している。保護費だけでは、病のものは死ねというのが現実だったようだ。事実、原告は上告してすぐのときに亡くなっている。ただし、この訴訟は結果的に敗訴になったものの、訴訟の過程で日本の社会保障制度の実体が明らかになり、徐々にではあるが、三五年前後からその見直しがはじまった画期的な訴訟であった。

「高利貸し」という言葉を小さいころからよく聞いた。恐ろしいものの象徴のような言葉だった。

貝島炭坑労組でも高利貸しからの借金問題は重要な案件だった。二九年十二月に労組員にアンケートをとっている。すると六三％が借金をしていた。内訳は病気・結婚などの不時の出費が四〇％で、あとの六〇％は低賃金からくる生活の埋め合わせ。職のある人のところでも高利貸しは勢力を伸ばしていたのである。これが三〇年前後の話であるから、労働と生活を奪われていく三〇年代半ば、どれだけの人が高利貸しに苦しめられたことだろう。一日あたり五〇円の保護費ではとうてい食うに食えない。離職者は高利貸しに頼らざるをえなかった。
三九年以降の話だが、生活保護受給日のある不思議を上野英信さんが書いてらっしゃる。廃坑の離職者は朝早くから、それこそ事務所が開く何時間も前から並んで待っている。そんなことをしなくても事務所は午後五時まで開いているのに不思議なことをするもんだ、と。謎はすぐ解けた。彼らは保護費が支給されるとすぐ高利貸しのところに飛んでいき、前月の利子を払うのである。利子を払わなきゃ次の借金、つまりその月の生活費の借金ができないのである。

ひとたびこの高利貸しに金を借りれば、借金は雪だるま式に増えていく。たちまち月々の利息が保護金を上回る地獄であった。必然的に五つ、六つの高利貸しに頼らざるをえない家族も稀ではなかった。そういう家族は例外なく病気の母親に子だくさんといった欠損家庭であった、と。

在日朝鮮人

朴政子さん

伊藤　お兄ちゃん二人はヤクザだったんだけど、あの子は真面目だったのよ。友だちつきあいが少なくて中学まで一人ぼっちだった。友人は早苗だけだった。二年七組になってはじめて仲間というものができた。

鶴丸　わたしが知り合ったころは控えめだけど、よく笑ってた。いじけてなかった。

伊藤　いじけてたよ。二年になったとき「政子、一緒のクラスになったね」って声かけたのに笑いもしなかった。無視よ。それだから気になって気になってしようがなくて。いつも一人でいたから。わたしが誘ってもいっさい無視。それでカコチャンとかに頼んでひっぱりだして一緒の仲間になったのが二年の終わりごろ。それまでは一人ポツンとしてたのよ。

鶴丸　小学校のころから？

伊藤　小学校のときは早苗がいて、あの子を守っていたんだと思うんだ。早苗は真っ正面からの人だし、正義の味方だったから。わたしは早苗が連れてくる友だち。

朝鮮人とはつきあうな、とかそんなことばかり言われて育っているわけよ、わたしは。朝鮮人はものすごく汚いし不潔だとか、食べ物もちゃんと洗わないとか言うのよ。だから、こそこそと早苗について政子んちには遊びに行ってるわけよ。

遊びに行ってみたら、きれいに布団は畳んであるし、ゴミ一つないし、なんでこんなにきれいに片付いているのに、うちのじいちゃんとかは汚いって言うのかな、そんな見方をしているの。好奇心が先に顔にでてるのよ。

政子のこと嫌いじゃなかったし、どんなとこか見てみたいとか、単純な好奇心があったと思うのね。たぶんわたしは見透かされていたんだと思うよ。好奇心の部分があったから。わたしに対してはよく分からない、というのがあったんじゃないかな。

政子のうちはお父さん、お母さん二人で屑鉄屋をしてた。屑鉄をのせてリヤカーを引いてる人はだいたい朝鮮人だった。

話はそれるけどね、小学三年のころ、お金になるっていうから面白半分に屑鉄集めをしてみたのよ、早苗と二人で。トタンとか缶詰の缶とか、あとは焼酎のビン。ありとあらゆる家に声かけてね。鍋釜もありよ。家にある現在使用中の鍋も持っていったな。これを屑鉄屋さんに売るのよ。五〇円にしかならなかった。

これに一週間かけたのよ。これだけ頑張ったのに五〇円。二人で大変だなと思った記憶がある。ヘナヘナするくらいショックを受けた。これで食べていくというのは大変だよねえと二人で言いあった。

政子のお母さんは、政子が中学校のころも屑鉄屋をやっていたよ。お父さんはニコヨンだった。生活保護は小学校のころから受けてたと思うよ。

外国籍とニコヨン、生活保護

ニコヨンとは県の失業対策事業で、仕事は道路の補修などをしていた。他の土木事業の日雇いと違って、職業安定所に登録しているので一定の保障は得られた。また外国人登録をしている人は、職安登録をすることができた。この呼称は日当二五四（ニコヨン）円からきたと言われている。『筑豊のこどもたち』の写真のキャプションには、女二五五円、男二七五円とある。

生活保護についていては外国籍でも受けられたのか、どういう法的根拠に基づいていたのか。生活保護法に「無差別平等に」とあるからといって、役所がハイハイというわけはないのではないか。気になって調べてまわった。

「生活保護法は日本人だけを対象としている」との解釈を今にいたるまで厚労省は示し続けている。しかし昭和二九年に「外国人は法の適用対象とならないのであるが、当分の間、生活に困窮する外国人に対しては一般国民に対する生活保護の決定実施の取扱に準じて保護を行う」という通知がでて、それを根拠に外国籍の人も受給できることになっている。ただ「無差別に」とはいかなくて、入管法上の在留資格の有無や種類の制限はある。

政子さんの想い

伊藤 政子がそろそろ就職するってとき、よくうちに泊まりにきてたのよ。一緒の布団に入って寝ながら、いろいろ話を聞いたのよ。

政子の場合、やっぱり悔やまれるのはお兄ちゃんがヤクザだったってことなのね。そ

卒業式を終えて　左端・朴政子さん

れをわたしに話したの。お兄ちゃんたちは朝鮮人だからってバカにされて暴れるわけよ。家では優しいんだよって。

そのときわたしは思ったの。どんなに頭がよくても中学しか出れない、屑鉄を拾っている人たち、就職先もない、身体もしっかりしているエネルギーのある人間は、ヤクザにしかなれないいんじゃないかって。差別をうけている人は。だからわたしはヤクザをどこかで認めていたのよ。要するに、拾ってくれたのはヤクザの世界だけなのよ。お兄ちゃん二人とも、まともな人間になりたかったんじゃないかな。聞いてて思った。

政子は、お兄ちゃんたちがヤクザってことが嫌だから遠いところにいこう、と。お兄ちゃんたちの傍にいたくないってのがあったのね。宮田にいたらすぐわかるから。

鶴丸　中学時代が一番楽しかったって言ってくれたのはいつ?

伊藤　就職してから手紙をくれたの。三年七組のみんなと出会え、ユキちゃんと出会え、わたしは最高の中学時代をすごせた、と。

卒業式のときにも彼女は言ってくれたんだけど、そのときはわたしは自分も悲しくて、みんな別れ別れになってもまた会おうねとか、その雑多ななかで言ったからそんなに記憶に残ってなかったんだけど。

そのあと手紙をくれたの。就職してから。中学時代は本当に三年七組でよかった。みんないい人で、わたしを友人として受け入れてくれた。ユキちゃんのおかげ。わたしは中学時代のいい思い出をいっぱいもらったって。いっぱい書いてあった。それを見たとき、そこまで思うか?　って思ったのね。

鶴丸　うちらは本当になにもわかってなかったね。

伊藤　そこまでわたしたちと遊んだことが楽しかったのか。すごく楽しかったんだなって。へーって思ったんだよね。深く考えてないから。よかったな、ぐらいに。それで終わっちゃった、自分のなかで。

朴家の矜持

鶴丸　朴さんが二十代半ばで亡くなったとあなたから聞いたのは一昨年の冬、上野で四五年ぶりに再会したとき。言葉もなかった。なんと幸薄い人生だったんだろうって。貧しさは見えていたし、差別にさらされることも多かったろう。十五の春全く知らない土地へ一人で旅立たなきゃならなかった。

でもこんな思いは失礼かもと一方で感じていたのよ。わたしが感じている次元とはもっと違う、強靱な世界を持ってらしたんじゃないかって。彼女の家族の矜持みたいなものを想像できたから。ヤワじゃなかったはずだって。

昭和五五（一九八〇）年前後、指紋押捺拒否の運動が在日の人たちの間で活発になってくるでしょ。そのころ朝鮮名を名乗る人も多くなってきた。アラッと思ったのよ。朴さんとこと真逆だなって。

彼女はずっと「朴」と名乗っていたよね。ところが三年になって、いつごろだったか、「川本」と姓が変わったよね。単純に日本国籍とったのかなと思って深く考えもしないし、彼女に聞きもしなかった。

でも指紋押捺拒否と連動して朝鮮名を名乗る人が多くなって、ハッと気づいたのよ。あの苛酷な時代に「朴」を名乗り続けたのは、朴さんちの朝鮮民族としての誇りだったんじゃないかってね。

早苗さんに聞く

鶴丸　わたしは朴さんのことを遊びまわった仲間としてしか知らないんですよ。でもずっと気になってた。いろいろと聞かせてください。仲良くなったきっかけあたりから。

古野　五、六年のときやったんじゃないかな。転校してきたんよ、門司の朝鮮人学校から。編入するのに時間がかかってという話やったけど、政子はわたしらより二つ年上やったよ。

伊藤　えーっ、それはわたしにも言わんかったね。

後列右から友原幸野、有馬早苗さん

古野　一緒のクラスになって、帰りがけ、来い来いいうから。それで遊びに行ったら、おいちゃんとおばちゃん、喜んでね。おいちゃんは本当に言葉をしゃべんなされん人やったけど、おばちゃんが活発な方やったからね。朝鮮服着て、靴もチョン靴。朝鮮の靴ね。政子は嫌がりよったけど、行ったら朝鮮漬け出してくれるんよ。辛いの好きやったから、おいしいおいしい言うて食べたんよ。おばちゃんが喜んでくれてね。早苗ちゃん連れてきなさい連れてきなさいって。

トタン屋根で、床には畳というよりもムシロをひいたような家だったんよね。たぶん向こうの人たちの風習じゃないかな。畳じゃなくムシロみたいなものをひくというのは。

伊藤　布団がピシッと長方形に畳んであったね。

古野　きちんとしてあったよ。汚いという感じはなかった。雨風が入ってこんように板壁の隙間にトタンが打ちつけてあったりしてたね。

てんまり

古野　政子が貸して貸していうから、いいよ言うてね。てんまりを貸してやった。一日五円の小遣い銭やったから、十五日間なにも使わず我慢して買ったんよ。持ってる人は少なかったんよね。みんな貸して貸していうから、いいよ、いうて貸してたんよ。貸すときに絶対に言ってたのが、もし穴があいたら買って返してね、それか修理して返してねって。その当時はパンク修理ができてたんよ、天然のゴムだったから。

それがたまたま政子んときについえたんよ。持ってきて「早苗ちゃんごめんね、ごめんね」って。もうわたし考えたね。政子に貸さんがよかった。貸したのがまちごうとった。でも他のもんには貸さんでも政子には貸してやらんと、というのがあったしね。「ついえたらパンク修理か、買って返して言うたら、わかった、言うたやろが」言うたけど、できるはずないじゃん。わたしも何日も小遣いをためて買ったんやもん。ホントにあれはショックやったね。

政子がどうにかするどうにかする、言うんよ。ごめんねごめんね、絶対なんとかする、言うてね。あんた絶対してよ、言うたけど無理ていうことがわかったきね。うちも泣いたけど政子も泣いた。あれは忘れきらんのね。最後は、二人で抱き合って泣いた。（涙ぐんで）その後ずーっと後悔した。政子に修理してきてということ自体が無理なことやったね。できないことをね、わたし、言うべきじゃなかった。

おばちゃん

古野 中学卒業して、わたしは宮田センターで働いてたやろ。おばちゃんはいつも買い物に来てくれよった。「ありましゃん、げんきねえ」「政子、どうしよう？」「政子もげんきよお。ありましゃん、このごろ来ないね。政子いないと来ないな。政子いなくてもいいよ」いうて、朝鮮漬け持ってきてくれてね。それを聞いた政子が腹かいて（腹をたてて）。匂いがするじゃん。帰るまで置いとかんといけんきね。「政子から怒られた」とおばちゃんは言うけど「わたし好きやから大丈夫」言うてね。「おばちゃん、おいしかったあ」言うたらさ、政子も喜んでくれた。

結婚して子どもがお腹に入っとうとき、産み月になっても出てこんでね、長井鶴からずーっと歩いてたんよ、二時間くらい。そのときおばちゃんに会ってね。「ありましゃん、げんきな子、産みなしゃいよ」ち言うてからさ。そのあと、ずーっと会わんごとなったきね。で、お兄ちゃんに聞いたら死んだって。びっくりしてさ。香典持って家に行ったね。

差別はあからさまに、日常的に

古野　わたしには二つ上の姉がいてね。その姉がものすごく尊敬してる人がいたんよ。姉より一つ上で、頭はいいしリーダーシップはあるし、ダメな子にはピシッと言って立ち直らせるくらいのことをやってくれるし。放送部で部長もなさってた。先生たちの信頼も厚かった。でも就職というとき就職できんやった。先生がいくら推薦しても。お母さんは日本人やけどお父さんが韓国人。結局、国が違うということでどこもここもダメやった。地元では。

昔は北朝鮮の人も韓国の人も「朝鮮人」と言いよった。だからチョン靴とか。バカでもチョンでも出来る、とか。バカと朝鮮人は一緒という意味。わたし、大人になってから聞いたんよ。みんな、ふつうに言いよったね。わたし思ったんよ。政子とこんなにつきあっとって、わたしはそれは使っちゃいかんな、と。

伊藤 知らなかった。それはいろんなとこで知らず知らず傷つけたかもしれないね。

古野 Y子んちは、保健所から委託されて野良犬を捕まえる仕事をしてたとおもうんよね。Y子は三年のとき転校してきたのかな。前のとこでは学校に行ってなかったらしい。

こっちにきてもずーっと来んやった。それじゃいかん、呼びにいけ、と守田先生に言われて、わたしたち呼びに行って。学校には一応来るんよ。呼びにいくから。それでも今日は面白くないとか、怒られたとか、で、帰るわけ。先生が連れてこい言うから、ユキノとかわたしとかその他何人かで家までむかえにいった。

先生はみんなと仲良くさせたかったんよ。

それでも先生は叩いてね。なんかあったんやろね。女の子で一番叩かれたのはY子やろね。それでも守田先生のときは来てたね。中学にはたぶん来てない。でも卒業生名簿にはある。この前の同窓会では場所がわからないということやったのかな。

早苗流　差別撃退法

伊藤　早苗ちゃんの傍にいたら助けてもらえるって、みんな思ってたの。

古野　いじめられる子は全部くるよね。

わたしが一番嫌いなのは、その子がどうしようもないこと、例えば、体質的によ、本人が努力してもどうしようもないことってあるじゃない。どんなとこに生まれようが、貧乏人といわれようが、その子が悪いわけじゃない。そういうことでいじめたりというのが、ものすごく許せない。親が水商売しよるとか、男換えしようとか、子どもには関係ないことじゃん。そういうときは、いじめる奴を徹底してたたきのめす。二度と再び、いじめんようにする。

鶴丸　それはすごい。だれにでもまねはできない。

伊藤　だから怖がられたの、この人は。

古野　先生でも、相手が誰でも徹底してダメやった。でも先生には手はださんかった。

男の子には手をだすことはあったけどね。

男の子と喧嘩するとき「それやめろよ」いうやろ。そしたら「なんだ、きさん。女のくせに」とか男子が言うわけ。その「女のくせに」というのがまたいけん。要するに男でも女でもいけんことはいけんやろ。先生でもしちゃダメなことはしちゃダメ。大人でも間違いはある。認める器を持て、というのがわたしの信念。先生が自分の感情で怒るというのは納得がいかんのよ。

伊藤　ちっちゃいときから早苗はそうだったよね。

古野　意見の違いで喧嘩するのはいいんよ。ただ政子みたいに朝鮮人だからとか、臭いから、貧乏だからとかいうていじめるのは納得いかんのよ。ニンニク使うから匂いがくっつくけど本人にはどうしようもない。

伊藤　うちのじいちゃんもそうだった。意地でも使わなかった、ニンニクを。朝鮮人が食うものを食えるかって。

古野　それが差別よね。いま日本人がタクアン臭いといわれるのと一緒やね。そういうふうで責める人たちというのは絶対に納得いかんやった。

政子さんの結婚と死

古野　政子とは結婚したあともつきあいたかったけど……。結婚した相手が韓国人で、わりと風習を重んじるいいとこの人だったみたい。結婚したら親と半年は同居しなきゃならない、とか。

結納のとき政子に呼ばれていったのよね。政子がイカの刺身の上にウズラの卵を乗せたわけよ。狂ったように怒られてね。こんなこと韓国ではしない、って。そう言われても、わたしは日本で生まれて日本で育った、と政子が怒りよった。そして結納がこうして来たら、向こうの家族八人分のチョゴリの反物を渡さにゃいけん。結納返しいうのかな。

伊藤　政子の家から？　よくやったね。

古野　それだけ向こうが重んじてたってことかな。風習にあってしなさい、と。

結婚式は博多の春日会館であったのね。そのときにね、ユキちゃんと早苗ちゃんに来てほしいんやけどね、声かけんでごめんねって。早苗ちゃんは日本人やから。相手の方は、結局風習も違うし衣装も違う。早苗ちゃんに、向こうの人がいろんなことを言ったらつらいから。自分が言われてつらかったから。だから早苗ちゃん、結婚式には呼ばんきね、って言った。

結婚してもやっぱり苦労してて、結果的には苦労して苦労して。朝三時に魚市場に行ってたからね。仲買人かなんかよく分からんのやけど。政子と連絡とろうとしても忙しいし、宮田にいらっしゃったお兄ちゃんとよく話をしてたんだよね。お兄ちゃんは、政子が嫁いで、そこの仕事を加勢しようということで、配達して、近所の行商もして、残ったら早苗ちゃん持ってきたぞーって。

（涙ぐみ）政子が胃が悪いって気がついたときはもう末期でね。ストレスと睡眠不足やね。入院しているって聞いたから、お兄ちゃんに連れていってって頼んだ。政子は、いまの姿は見せたくないって。実はいま、俺が政子のおむつまで換えているんだ、と。そこまで弱って、昔の面影は全くないぞ、と。だから早苗ちゃんやユキちゃんを連れてこんといてって言うからと、お兄ちゃんは言ったのよ。

鶴丸　今日は話を聞けて本当によかった。

道半ばで倒れてしまわれたけど、やっぱり誇りたかい両親のもとで育ち、こんなに心を開いてつきあえる早苗さんや幸野さんという友に出会われて、本当によかったなと思いました。わたしを含めて三年七組の仲間と遊んだことを一番楽しかったと言ってくれてたと聞いて、面はゆい思いもしています。一つ心のしこりがほぐれた感じです。

やっぱり彼女は過酷な状況に翻弄されるだけの人じゃなかった。自分の人生を切り開いていこうとする意志みたいなものを、早苗さんの話からうかがい知ることができて、こみ上げてくるものがあります。年若い逝去を心からお悔やみしたいと思っています。

父たちのこと

伊藤　早苗とどうしてこんなに違うんだろうって思ったんだよね。で、電話で聞いてみたの。

早苗のお父さんが、今の言葉でいえば、ヒューマニストだったんだよ。誰とでもつきあう人だった。彼女のうちには、いろんな人が集まっていた。ホントいろんな人が。お父さんが立派だった。朝鮮人でも中国人でも日本人でも貧乏人でも、なんでも人間だからって。早苗はお父さんを尊敬してるのね。お父さんから教育されていたから、平等に誰とでもつきあったって言ってた。

わたしの場合、逆なんだよね。うちのじいちゃんは朝鮮人とはつきあうな、なにとはつきあうな、かにとはつきあうな、そんなことばっかり。わたしと早苗が違うのはここなの。地べたは同じなんだけど、育った環境でこんなに違うんだなって。

父の実家は、なんでもおいでおいでの世界だったんだけど。父は養子だったの。わたしは父の気質を受け継いでいるんだと思う。

鶴丸　わたしから見れば、そんなに違わないけどな。二人とも行動的だし、怖いもの知らずだし。でも、自分ちに反抗しなきゃならない分、エネルギーの消耗は激しかっただろうけど。

お父さんは、インパールの戦線から帰ってこられたって？　あの戦線は、一兵卒で生き残った人はごく少数だったって聞いている。将校だけが生き残ったって、とても評判の悪い戦線だった。お父さんの場合、地獄の底の底から帰ってこられて、人間の作った秩序とか序列とか、あるいは貴賤とかアホらしくてつきあってられないってのがあったんじゃなかろうか。

伊藤　父はインパールのことは、晩年まで資料を集め、書き続けていたのね。自分だけが、生き残ったことへの慚愧の念とか。

父の性格への、戦争の影響は今まで考えたこともなかったけど、父の考え方の底には人間みな同じってとこはあったね。それは父の実家の家風だとばかり思ってたけど。

でも、インパールの生き残りという特殊性が、あの人の戦後を形作っていたのは確かだったね。自分の頭の上の蠅も追えないのに、けっこう人の世話にのめりこんでぽしゃったりすること、多かった。

たとえば、三一、二年の春ごろから三四年の春ごろまでのころに親友が選炭の仕事を始めるってんで、製鉄所の仕事をやめてまでその人の仕事を手伝っちゃったの。借金して。つぶれるに決まってんじゃない。そのあと廃鉱なんだから。うちは山もあった。畑もあった。土地もあった。父が全部借金のかたに使っちゃったのよ。残ったのは母屋と風呂屋しか残らなかった。それから父は働きに働いたの。大げさに聞こえるかもしれないけど、二四時間働いて半日寝て、また二四時間働くっていう凄まじい働き方。あのころ何千万という借金を抱えていたからね。それも七年くらいで返して。父も頑張ったんだよ。あとで思えば。

わたしは、あんたの父ちゃんダメ人間って、親戚中に言われて育ったから、そう思いこんでいたとこはあったね。父の名誉回復のためにも、わたしがしっかりしなくてはってのがあったのよ。

鶴丸 中学のころ？ あのころ二人ともそれなりに鬱屈したものを抱えていたのね。

わたしの場合、もまれてない分、差別する側にたったことの後悔の念に苦しめられたように思う。差別や社会の不条理というものを、自力で考えざるをえない。そういう道をたどったように思う。

父との関係でいえば、小学五年ごろから反抗期よ。心身ともにグジャグジャしてるときね。もしかしたら、父への反抗という手を見つけたから、心身症もあっという間に治まったのかもしれない。

そのころ日教組は、勤務評定反対闘争に取り組んでいたのね。そのころだったか、もうちょっと後だったのか、えっ、今日もまた？ えっ、今日もまた？ って思ったのを記憶してるくらい団交が続いてね。突き上げられるほうね。それで父は身体を壊していったの。中学のころだから嵐が通りすぎたころか、何ヶ月か入院した。それから往年のオーラがなくなって、なんか、しぼんでいったように思う。だからわたしは日教組に反対したかというと、逆でね。支持してた。当時、勤評闘争の中身はしらないよ。でも支持。あの葛藤のなかで、権力とか権威には楯突かなきゃダメなんだ、って突っ張ってたんだと思う。それを葛藤の一つの答えにしたんだと思う。中学のとき、ドイツのシラーという作家に夢中になっていてね。『群盗』はじめ何度も何度も読んでいた。あなたになに読んでんの？　って聞かれたころよ。あのころの感覚を思い出したんだけど、あれは反抗、抵抗の物語だったんだよね。おこがましいことだけど、自分と重ね合わせて読んでいたように思う。

非情の娘だったな、と思うよ。父も自身が苦しいときに、黙って壁になってくれてたんだと、振り返って思う。父が亡くなってもう三四年。不思議なんだけど、どんずまりのときに話しかけるのは父なんだよね。

掘立小屋から

伊藤　ニコヨンについての草稿を読んでいて思い出したんだけど、うちの裏の小屋に住んでいる家族の小父さんがニコヨンだったんよ。電気もない家で、みんなが面白がって覗きに行ってるのさ。小父さんは多分朝鮮人だった。じいちゃんがそう言ってた。だから差別うけて貧しかったんだと思う。

わたしには、なんでこんな生活してんだろうってのがあったんだろうね。おばさんとよくしゃべってたのね。わたしが聞くからおばさんはいろんなことを話してくれた。

その家に行くと、醤油しかないのよ。あと塩。子どもは、うちらより一つ上と一つ下の女の子がいて、六つ七つ離れた年子の男の子がいた。水は近くの肉屋さんから天秤かついで貰ってきて、それでご飯を炊いていたんだよね。井戸も水道も電気もないから。とにかく、着るものもないから着たきり雀なわけさ。当然お風呂もない。わたし、こそっとうちの風呂に入れてやったんだよ。じいちゃんに怒られたんだけど。いつもは前の真っ黒い石炭川（犬鳴川）から水を汲んできて身体を洗ってたのを覚えてんだよね。家族全員。

鶴丸　あの黒い水で？

伊藤　バケツで汲んできて、身体を洗い洗濯もしていた。黒い川って不思議なんだよ。あれは石炭でしょ。色つかないんだよ。泥じゃないから。

鶴丸　パッパッと払えば、はじけとんじゃうのか。

伊藤　洗濯物が黒い水でただ洗って干してある。白いのが不思議だった。

鶴丸　わたしは、小さいころ、うちのばあちゃんと川に行って、川底にたまったもので団子を作って燃料にしてたね。バケツに汲んできても、しばらくすれば石炭粉は底に沈む。上澄みで身体は洗える、洗濯もできる。底に沈んだものは燃料にできたんじゃないかな。

伊藤　そうかもしれないね。

　で、なんでそういう話になったのか、よく覚えていないんだけど、おばさんが淡々とわたしに言うの。わたしはいいとこの出なんだよ。今は貧乏しているけど、字も書けるって書いてみせてくれたりね。ユキちゃんとこはいいね。今日は何食べた？　っていつも聞かれるのね。いっぱいいいものを食べたってことにしなきゃいけないなって感じがあって、二つはあってんだけど、もう一つ足したりしてて。いいね、ユキちゃんちはいつもご馳走食べれてってておばちゃんが言うと、ちょっと傷ついた自分がいて、ばあちゃんが山ほど寿司を作ったときに、丼いっぱい持ってったの。涙流して喜んでくれて、食べさせてもらうねって。

　毛布がないのよ。三畳くらいの部屋に六人寝るのよ。どうやって寝てるのか不思議で、おばちゃんに聞いたのよ。一つの布団に三人寝るって言ったのよね。そりゃ寒かろうと思って、昔戦争に持っていった毛布があるじゃない。重たい毛布。捨てるほどそれがうちにあったから、三枚くらい家からこっそり持っていった。納屋にあったから、そこから失敬してね。それもおばちゃんは有り難く受け止めてくれた。

時は流れ、上の娘たちも中学を卒業し、長女は地元に、次女は京都に働きに行ったの。京都に行った子は芯の強い子だったから、わたしがいろいろ物を持っていくのをよしとは思ってはいなかったと思うんだ、きっと。わたしを見る目はきつかったから。長女は喜んでくれてた。

次女は京都に行って、住み込みの女中さんになった。そこのご新造さんに、よく働くからって認められて玉の輿にのったの。という噂までは知っていた。十何年かして、帰ったら裏はなんにもなくなっていた。「Iさん、どこに行っちゃったんだろう」ってばあちゃんに聞いたの。そしたらばあちゃんが目を輝かせて言ったのよ。「なーに、ユキちゃん、大変だよ。息子が九大に入ったんだよ。医学部に入ったんだよ」って。鼻たれて、みんながいつもバカにして、汚れたパンツをはいてた子がね。「へーっ、そんなことになったの」って。嬉しくて、わたしの中で自慢話になっちゃったのよ。

この年子の下のほうが産まれるときのことを覚えてるのよ。産婆さんて、あの時代いい人が多くて、タライから産着まで全部持って「またＩんとこ、子ども産まれるんかい」っていって来てたの。近所から「金もないのに、また子ども作って」とか言われながら産まれてきた年子だったのよ。

また何十年か時が流れ、叔母が入院してるので見舞いに行ったときに、小綺麗にしたＩおばちゃんに再会するわけよ。叔母に面会人がいるっていうことで、誰が来たんだろう、と覗きにきたのがＩおばちゃんだった。「ユキちゃんでしょ」っていうの。「えっ、だれ？」「忘れた？　Ｉよ」。はっ？　Ｉって、あのうちの近所のＩおばちゃん？　と思ったときに思い出したの、顔を。きれいな髪、化粧もして口紅もつけて、全く別人になってた。「おばちゃん、息子さん立派になってよかったね」「おかげさんで」って。自分は看護師じゃないけど、助手さんをやってるって。「元気にしてるからね」って言って、お別れしたの。

五十万余の朝鮮人が日本に残った

明治四三（一九一〇）年の日韓併合以来、朝鮮半島から多くの人たちが職を求めて日本にやってきていた。しかし昭和五、六年、昭和恐慌のころ、日本では三百万からの失業者がちまたに溢れていたため、朝鮮半島から労働者として日本へ働きにくることは原則として禁止されていた。ところが十一年の日中戦争の開始、拡大にともなって、鉱山・炭坑・製鉄所などの基幹産業でも熟練工の応召などで、労働力不足が深刻化し生産がとどこおりはじめた。

石炭についていえば、その生産が落ちるのは軍需産業や輸送機関に大打撃であったので、十二年、石炭鉱業連合会は朝鮮人労働者動員計画を政府に申し入れし、具体的に動きはじめた。

十三年、国家総動員法成立。これにより国は戦争継続に必要な生産手段と労働力を動員できるようになった。

十五年、朝鮮の各地に職業紹介所と称する事業所が配備され、朝鮮人労働者の集団動員が制度化され、かつ本格化していった。

十六年、日米が開戦すると、生産はさらに追いつかなくなっていった。今までのやり方では労働力が足りない。なりふりかまわないやり方、例えば、道を歩いている人を「トラックに乗れや」と乗り込ませ、日本の炭坑や鉱山、工事現場に連行していく拉致といっていい強制連行が行われるようになった。

炭坑をはじめとする労働現場では、朝鮮人・中国人・連合国捕虜はタコ部屋に押し込まれ、過酷な労働を強いられた。だから敗戦直後はどこの労働現場でも暴動が起こったのだが、宮田町にある貝島炭坑も例外ではなかった。日本人職員は逃げだし、職場はしばらくのあいだ機能しなかったという。

敗戦のとき日本にいた朝鮮人は二百数十万人といわれているが、正確なところはわからない。港は正規の帰還事業をまちきれぬ人々

民間徴用の朝鮮人遺骨返還
仏教界「進展ない」批判の声

第2次大戦中、日本の炭鉱や土木工事現場などで働かされて亡くなった、朝鮮半島出身とみられる800余人の遺骨返還作業が宙に浮いている。国が2004年12月の日韓首脳会談を機に取り組み始めたものだが、進展のなさに、遺骨調査に協力する仏教界は批判の声をあげている。

厚生労働省によると、こうした「民間徴用者」の遺骨に関する情報は1月末現在で2662人分寄せられた。うち約6割について現地調査をした結果、817人分が朝鮮半島出身とみられると判断した。調査結果は外務省を通じて韓国側に報告。韓国政府機関は昨夏の時点で42人分の遺族を確認したが、政府レベルで返還された例はない。

05年に国から求められて調査に協力する全日本仏教会（全仏、東京都港区）は先月、「何の進展もなく大変遺憾」として厚労省や外務省などに抗議。遺骨の返還スケジュールを今月10日に示すよう要請した。全仏には浄土真宗本願寺派や曹洞宗といった伝統仏教の教団など102団体が加盟し、これまでに全体の6割近い約1500人分の遺骨情報を収集している。

要請の背景には、これらの遺骨を預かる寺院の住職の高齢化がある。代替わりすると安置の経緯が分からなくなる恐れもある。全仏の奈良慈徹総務部長は「遺骨が返還できないのは死者への冒瀆《ぼうとく》。仏教者として看過できない」。加盟団体からも「韓国仏教界を通じて独自に返還すべきだ」との意見も出ている。

返還が進まない理由について、外務省担当者は「韓国側との交渉の詳細は明らかにできないが、早期返還に向けて努力している。全仏の要望は重く受け止める」。一方、韓国政府機関の関係者は、日本側に政府主催の追悼会を求めているが、「徴用したのは民間企業」と拒まれているのが要因と説明している。（木村英昭）

朝鮮人の遺骨返還

盧武鉉（ノ・ムヒョン）大統領が小泉純一郎首相に遺骨の返還を要請したことを契機に始まった。民間徴用者とは別に旧日本軍の軍人・軍属だった朝鮮人の遺骨は返還が進み、昨年5月には遺骨を保管している東京都目黒区の祐天寺で厚労省主催の追悼式があり、219人分が返還された。

宙に浮く民間徴用の朝鮮人遺骨
朝日新聞2011年2月9日夕刊

で溢れかえっていたという。引揚援護局の調べでは、二一年三月には六四万七千人余の朝鮮人がいて、このうち五一万四千人余が帰国の意志を持っていた。ところが、このころから再度入国する人、それが禁止されると密入国する人が後をたたなくなってきた。背景には、朝鮮に帰っても耕す土地をアメリカ軍に接収されて食べていけないとか、本当にいろいろな事情があった。

また、一方で、宮田の隣町鞍手町に住むおばあさんは上野英信さんの問いかけに次のように答えている。

うちたちもやっぱ、国帰るのはんごうやったですよ。その時のお金は、一人千円ずつなからんな、帰ることでけんやったよ。そうしたら、うち、子ども十人でしょ。親子全部で十二人でしょ。それけ、一万二千円いるでしょ。それがないのよ。全部で、たった四千円しかないのよ。半分もないのに行かれんですよ。それけ、茶碗から、湯呑みから、なんからかんから全部売ったよ。ただみたいにして。(中略)

おやじさんはおやじさんで、お前たち、どうしても行くちゅうなら、行けや。俺、お前たち船乗せてから、海の中飛んでから死ぬ。お前たち生きられるか、生きられんか、向こうへ行け。そげ、短気するもんじゃけ、わたし、じーっと考えしたら、ここで一生懸命しごとだけすら、誰も殺しせん。国行ってくろうして死ぬるの、どこで死ぬるの、みんな一緒じゃけ、ここで辛抱しよう。そげ、わたし、考えしたですよ。

この炭坑働きよった朝鮮人、ほかは全部行ってしもうてから、うちたち四軒だけ、残っちょるよ。四軒だけ、苦労してお金がないもんじゃけ、行かんやったよ。

結果的に五十万余の朝鮮人が日本に残ることになった。

『にあんちゃん』の安本さん一家は在日朝鮮人だった。経済的支柱である長兄は臨時抗夫で、お金になる仕事場には回してもらえず、また合理化で真っ先に首を切られることになった。朝鮮人の苦難は戦後も続いた。

三年七組と林先生

集団就職

伊藤　うちらのクラス、何人くらい集団就職していったかな。女子は七、八人？　男子は十一、二人？　四二％が就職？　宮田駅に見送りに行った。女子は県外の滋賀県とか愛知県とかの紡績工場だった。

鶴丸　この件で当時の担任だった林先生に手紙を書いたの。そしたら先日先生から電話があってね。なにぶんにも四六年前の話で正確なところは定かではない、と。でも定かではないが、男子六割、女子五割の進学率だったように思うともおっしゃってた。

伊藤　補習授業というのがあったのを覚えてる？

鶴丸　全く覚えてない。

伊藤　三年の三学期、なんとかどこかの高校に潜り込ませようと、進学組には放課後に補習授業をやったの。で、就職組は男子は技術科、女子は家庭科に分かれてね、実際には家の雑巾を縫ったり、たまって遊んだりしてたの。後のほうでは、散り散りに帰っていたけど。先生はいない。

あるとき、わたし、授業をさぼって覗きにいったのよ。なんで受験する子だけが残ってあの子たちはほったらかしなんだろうって思ったから、その人たちの気持ちが聞きたかったんだろう、と思うのね。そこで聞いたの、何人かに。あなたたち就職することをどう思ってんの？　って。そしたら、明るく、家にお金がなければ働くしかないじゃない、当然のことよって。そこになんの悲惨さも感じなかったの。我慢してるとかね、意地張ってるとかね、みじんも感じなかったの。そのときはふーんと思ったけど、今おもえば凄い答えだったなと思う。

鶴丸　朴さん、横山さん、佐上さんを宮田駅に見送りに行ったね。胸にこみ上げるものがあった。でも、当然のごとく先へ先へと進学を考えるぬくぬくした自分もいるわけで、涙を落とした帰りは、そのぬくぬくにまい戻るわけで、そういう自分に後ろめたさと狡さを感じたのも事実。でも、いま聞いて思った。就職組はどんどん先へいってたんだね。大人度が違うというか。

彼や彼女たちは「金の卵」といわれていたでしょ。もうちょっとたつと「月の石」と呼ばれるようになる。

ともかくこの集団就職が、当時の社会にとってどれほどの深く複雑な意味あいを持っていたか。大人になって上野英信さんの次の文章を読むまで全く理解してなかった。ちょっと長くなるけど、転載させてもらうね。

長い間廃鉱の少年少女たちの高校進学を阻んできた最大の障壁が、なんといっても生活保護制度そのものであったことだけは、誰も否定しがたい事実であるはずだ。義務教育以上の教育を受けようとする子弟が生活保護の受給資格を剥奪されるとすれば、貧しい被保護家庭はたちまち一家共倒れになるほかはないのである。これでは、たとえ本人がどれほど向学心に燃えておろうと、あるいはまた両親がどんなに教育熱心であろうと、進学を断念せざるをえないのは当然だ。高校進学の少年少女たちが生活保護の適用を継続されるようになったのは、漸く一九七〇年度からのことである。それまでは、もし被保護家庭の子弟が高校に進学すれば、本人の保護が打ち切られ、大学に進学すれば、家族全員の保護が打ち切られるのが原則であった。法の趣旨はどうあれ、私の見るところによれば、要するに義務教育以上の教育は身のほど知らずのぜいたくであるとして、被保護家庭の子弟を疎外しつづけてきたわが国の生活保護法が、ただ一つ、この筑豊において積極的に精力的に推進してきた子弟対策があるとすれば、それは彼らの県外就職だ。そしてこれによって、一方では、筑豊に滞留する大量の棄民群の離散を促進しつつ、一方では、日本資本主義の高度成長のための肥料として、このうえなく低廉にして得がたい若年労働者を、年々大量に確保し供出することに貢献しつづけたのである。

自宅から通勤可能なところに適当な職場があっても、少年たちはけっしてそこに勤めようとはしない。彼の収入の分だけ生活保護金が差引かれ、結果的には家族全員の生活が苦しくなることを知っているからだ。それよりも県外に出て、そこからこっそり送金することのほうが、どれほど親兄弟の利益になるかもしれないのである。「これを僕の父に渡してください」という手紙をそえて、生まれてはじめて受けた給料袋を、封も切らずに私宛に送ってきた少年もあった。袋の中には、食費その他を引かれて、一万円札一枚が入っていた。

（『廃鉱譜』より）

三年七組

鶴丸　とにかく元気のいい女の子がいっぱいいたね。鉄砲玉を撃ちまくるようにしゃべって。そういう子はみんな南小の子、町なかの子で、北小からやってきた子はおとなしくて、いつも聞き役。全く異質の世界がここでぶつかったって感じ。町の子は……、どう説明したらいいのか。「底なし」という言葉がぴったり。底なしの開けっぴろげ、底なしの率直さ、底なしの……

伊藤　「おバカ」（大笑）

悪い意味じゃないよ。計算できない。計算しない。裏がない。

鶴丸　政子さんが三年七組で過ごしたことが一番楽しかったって言ってくれたでしょ。それはわたしにも言えることでね。それはなんだったんだろう、とずーっと考えてたわけよ。たどりついた言葉が「底なしのおバカ」。（笑）

伊藤　あなたは、いつも超然と難しげな外国文学かなんか読んでるわけよ。授業中も休み時間も。ほかの人は、ほっとこうって言うんだけど、わたしは興味しんしんでね。なに読んでるの？　わたしも読みたいけど何読んだらいい？　とか。そしたら『アンネの日記』とか『ナイチンゲール』を持ってきてくれてね。これでわたしは看護師の仕事を意識しはじめたのよ。こういう仕事はいい！　とね。それからわたしは本を読むようになった。

鶴丸　そこら辺はまったく覚えてないんだけど。

でも、それからわたしはバカなことをして遊ぶようになった。とはいえ記憶に残っているのは、雪がつもったとき、こんなことは何年に一度のことでしょ、嬉しくて七、八人手をつないで雪の中にバタッと倒れたり、これ誰も覚えてなかったね。罪のないことばかりで、それでも立たされたりしてたから、なんかやってたんだろうね。

伊藤　補習授業さぼって、うどんを食べにいったり。

鶴丸　その程度？　もっと強烈なやつはない？

伊藤　強烈はないね。でも、ホント、バカやってんだよ。話すこともバカバカしい話だし。かわいいね、わたしたちも。いいじゃない？　人を貶めるバカじゃないし。

鶴丸　父たちのことを話しているとき、ふと思ったのね。きっとみんな、なにかかにか、それぞれ、抱えていたんだろうなって。どうでもいいことをしたり、笑ったりのおバカやってたってのは、自分の抱えてる問題の裏返しだったのかも。それを語り合うことはなかったけど。

話を元に戻すね。ボタ山に登ったこと、これはみんな覚えてた。恐怖体験だったからね。ボタが上の方から落ち始めると、ものすごく加速して落ちてくるのよ。もう二度と登らないって、みんなで言い合った。

林先生と

伊藤　頂上まで登ったのはわたしと誰だったろう？　あと一人。風がヒューヒュー吹いてきてね。あのとき夏だったから白い制服で、スカートがめくれて、パンツ丸見え。

鶴丸　バスからこのボ

夕山が見えるのよ。うちの姉がちょうどそのときバスに乗っていてね。晩ごはんのとき「どうなってんのよ、いまどきの中学生は」って話をふってくる。「さあ、どうなんだろうね」ってとぼけて。内心ヒヤヒヤだった。

伊藤　見えたってことは、みんな知ってるんかねって話をしてたら、林先生が竹の鞭を持って、教壇の机をコツコツ叩きながら「職員会議で今日話題になったことを話します。誰か知らないけれど、制服を着た女どもが昨日の夕方、七、八人、裏のボタ山に登ったらしい。さて、どこのクラスだろう」とコツコツと机を叩くわけよ。わたしたちも下を向くわけ。「まあ、だいたい判っとるけどな。友原、白状しろ。あとは？」みんな手をあげて、それで終わり。

鶴丸　いま思い返してみると、林先生の言葉は少ないね。このときも、まあ、怒るほどのこともないけどってのを滲ませながらだった。

うちらのクラスのワルたち

鶴丸　わたしは男子はあまり視界にはいってなかったけど、けっこうスゴメの人たちもいたね。

伊藤　あのころ、ラッパズボンってのが流行ってたんだよ。あたし、そんなのはいてガッコ来るな、カッコ悪い、どこがカッコいいのか証明しろ、って言ってやったの。そしたら、歩くときピラピラ動くから迫力あるって言うのね。あんたらバカじゃないの、って言ってやった。あたし、いつもバカじゃないの、って言うのね。愛情込めて。（笑）

そんなことしてカッコいいと思うこと自体カッコ悪いって。そしたら次の日、またはいてくるのよ。またはいてきたじゃん、って言うわけ。おまえは関係ねえのにグジャグジャ言うな、って言うけど、関係ないけど、うちのクラスだからね、あんたたちがいるせいで、うちのクラス、ワルばっかりに見える、本当のことといってワルだし、ガッコ来るなって。（笑）

そしたら、おまえたちとは世界が違う、とかエラそうなことぬかすから、どこが違うんかって聞いたら、根性焼きができるんじゃ、って。で、また、バカじゃないの、よ。煙草で手の甲に二つ、焼きをいれてた。

鶴丸　誰に見せるの？

伊藤　よその学校の不良によ。喧嘩するときに、俺はこれだけ根性あるんだぞって見せるんだって。要するに入れ墨みたいなもんよ。だから、入れるんだったら体中焼いてこい、って言ってやったの。それで焼けただれた姿を根性焼きだって言ったら、誰もがびっくりするって。それこそ根性焼きだ、って。(笑)
その後の彼ら？　今はいいお父さんになってるよ。

羽崎千代さん

鶴丸　久留米の靴工場に見学旅行に行ったでしょ。バス旅行。中三のときじゃなかったかな。

座席の組み合わせは生徒に任されたのよ。羽崎千代さんの隣には誰がすわったんだろう。正直にいうよ。「わたしじゃなくて、よかった」とポロッとつぶやいていたのよ、わたしは。それを聞きとがめたのがイッチン。「そういう言い方はないやろ」って。即座に。わたしは真っ赤になり、次にカッと熱くなり、そして小さくしぼんでしまった。鮮明な記憶。

後日、見学旅行の感想を書くことになってね、みんな出したわけ。それを読んで、感想文を前にして、林先生は悲しそうな顔をしていてね、そして言ったのよ。「誰も羽崎のことを心配してやってるものはいなかった」って。その日、羽崎さんは休んでいた。

羽崎さんは身体が弱かったでしょ。いまでいうと、どんな病名がつくのか。一人で学校に通ってたので、軽度の障害だったんだろうと思うんだけど。それでも授業中何度かてんかんの発作をおこしていたね。机がガタガタふるえだして椅子ごとひっくりかえっていた。口から泡も出てた。怖かった。知識がなかったからね。どう受けとめたらいいのか解らなかった。わたしはさっき言ったようなことがあったから、よく覚えているんだと思う。

いまこうして思い返していると、彼女が見学旅行に行くってこと自体がものすごい事件だったってことがよく解る、彼女にとってよ。彼女は学校も結構休んでいたし。彼女のことも棘がどこかに刺さっていて、なんかの拍子にズキッと痛んでいたのよ。そして、自分が親になって、あのときの場面、先生や彼女、彼女の母親の心理みたいなものがパーッと見えてきてね。

身体が弱い、たぶんそう長生きもできないだろう、貧しいし（母子家庭だったと思う）、高校にも行けないだろうし、働きにでることもできないだろう。せめて中学時代の思い出に見学旅行を楽しい思い出にできないだろうか。幸い、ここんとこ体調がいい。ならば「覚悟」の「初めての」小旅行に挑戦させてやりたい。わたしだったらそんなことを思うだろうなと思ったとき、羽崎さん親子や林先生の思いがパーッと伝わってきた。痛いほど。

「みんな自分のことばかり。羽崎のことを思いやって書いたものは一人もいない。それが僕は悲しい」。みんなうつむいてしまってね。

彼女に言葉をかけたことも、手助けしたこともなくて本当にすまなかったな、と思う。

林先生はこのことを覚えてもいないと思う。日常的な次元でいつものものを言っていたから。大上段に構えて説教するってことはなかった。

伊藤　強烈ではなかった。でも伝わってくるものがあった。人間としての優しさ、包容力というのかな。怒っているんだけど、感情的じゃなく、ジワッと入ってくる怒り方だったよね。

鶴丸　気がついたら自分が恥ずかしくなって。ずっしりとこたえたね。同窓会のとき田代君も同じようなことを言ってた。

十月上旬、急な用事で故郷へ帰った。宮田町在住の田代保博さんは、急な申し入れにもかかわらず、快くインタビューに応じてくれ、同窓会のとき十分に聞くことのできなかったその話を改めて聞かせてくださった。

「空気銃は親父さんのか」

田代　うちに空気銃があったわけ。田舎では雀を追っぱらうために、結構どこの家にもあった。当然、親父がおらんときに外に持ち出して遊んどったわけよ、裏の山で。中学二、三年のころ。そのころ実質あんまり空気銃は使わなかったよね。

鶴丸　小学校のころまでかな。近所のおじさんがポンポン田んぼの雀を追っぱらうために撃ってた記憶がある。

田代　実弾もはいっとるよ。鉛の玉がね。小指のさきっちょほどの玉。直径三ミリくらいのやつ。これで鳥を撃つ。猪なんかは当然ダメ。猫なんかもダメ。殺傷能力はほとんどないけど、顔面なんかに当たるとね。

三年七組

　それであの年ごろやし、子どもやし。大っぴらにはしない。人の通るようなとこではやっぱりやらん。そこらへんは少し心得て、裏の山とかで鳥を撃ったり。もちろん当たるときもあるよ。

　クラスの友だちが来たときは、いつも女の子の写真を木に貼って撃つとか、そんな遊びをしてた。交代でね。当たって、バンとふっとぶわけじゃない。でも直径三ミリくらいの玉がピシッと当たれば、突き抜けることもある。

　鉛の玉はいっぱいある。一回に二発。空気銃は九〇センチくらいの長さ。銃を半分に折ってそこに玉をつめるわけよ。火薬とかはなあも使わんよ。それで雀はもちろん撃てる。鳩とかよっぽど大きくなると、心臓とか頭に当たらないと一発じゃ死なない。中学の同級生がうちに来て遊びよったのは、そんな程度やった。

俺自身が近所の子と遊びよったのは、ブリキのバケツをかぶって撃ちやいっこしよった。他の家も持っとったし。いまと違って、同じ年ごろの子はいっぱいいたからね。

貫通はしないってことは経験上わかっとったしね。当たりゃバーンと音がするし、少しめりこんだり、ポトッと落ちたり。迫力はあるね。痛いし。もちろん今やったら大変なことやろけど。持つこと自体禁止されているしね。

それでもって近所の人が、こんな遊びをしよるからやめれ、とかの話もなあもなかったし。そんな時代やったんやろね。

ただ、たまたま家が少し高台にあって、見下ろせるところに同じ中学の先生がいたんよ。たぶんその先生が林先生に言ったんだと思う。

で、即やないけど何ヶ月かして、度がすぎたんやろね、林先生から別に呼ばれたわけじゃないけど、たまたま学校の帰りかなんか一緒になって、俺と先生と。そんとき先生は「田代、空気銃は親父さんのか」というわけ。ドキッとしてね。それだけ。それで俺やめたよ。

鶴丸 なんでやめたん？

田代 俺、ぶったたかれると思ったんよね、一瞬。おまえ、そんなことしたらダメやんか、とかね。おまえ、自分一人で遊べとか。そんな話は全然せんで「親父さんのか」だけ。

鶴丸 そこんとこ不思議。あの先生、言葉少ないんよね。なんで効いたんだろう。

田代 伝わってきたんだよね。あっ、これダメばい、当たりどころによっては失明することもあるしとね。経験上、学制服を着て、遠ければ通らんかったんよ。だから撃ちあいっこをしとったんだけど。それ以降はピタッとやめた。腑に落ちたんよね。

鶴丸 誰でもにできる説教の仕方じゃないよね。

筑豊の幕はおりたが

その後の炭坑

昭和三七年九月、政府の炭鉱合理化方針の基礎となる石炭鉱業調査団の答申が発表された。

それによると、昭和四二（一九六七）年度までに能率の悪い炭坑は閉山し、能率のよい炭坑のみ増強がはかられることになった。閉山にともなう整理人員は四二年度までに九万人。この方針は「スクラップ・アンド・ビルド」と呼ばれた。筑豊にビルド鉱はなかった。一部増強を含む現状維持群のなかに貝島大之浦、日炭高松、古河下山田、大正新中鶴がわずかに入っているだけだった。

しかし、これらの炭坑も長くは続かなかった。貝島炭坑についていえば、四一年十一月大之浦炭坑として再出発したが、周辺の廃坑から深部に水が流れこんで、採炭不可能となり、昭和四八（一九七三）年十一月二十九日、筑豊で最後まで坑内堀りを続けた同抗はついに閉鎖することになった。

昭和五一（一九七六）年八月五日、坑内掘りの大之浦炭坑が閉山して以来貝島炭坑の火を灯し続けてきた中央露天掘もついに閉山。筑豊から大手の炭坑はすべて姿を消し、第三上山田鉱など三つの中小鉱が細々と露天掘を続けるのみとなった。

筑豊に育って

伊藤　筑豊出身であることを絶対に言いたくないっていう知り合いがいるのよ。「どこの出身？」と聞かれたら「福岡県」と答えるって。もっと突っ込まれたら「博多の近く」って。その人のお父さんは

大之浦鉱

〝長い間ご苦労さん〟

かみしめる閉山の感慨

『皆さん長い間ご苦労さまでした』——繰り込み場の壁に掛けられた幕が大之浦炭鉱七十一年の歴史の終幕を告げていた。筑豊最後の坑内掘り、鞍手郡宮田町貝島の大之浦炭鉱は二十八日を最後に閉山した。この朝一番方として入坑したヤマの男たちが、最後の作業をすませて上がって来たのが午後二時過ぎ。村上総務部長や矢野貝島大之浦労組組合長らが『長い間ご苦労さん』『これからも体に気をつけてな』と声をかけながらたる酒を茶わんについで一人一人に勧めた。

キャップランプをつけ、顔や手はすみで黒く汚れたままの男たち。スルメをかじり、酒をすすって閉山の感慨をかみしめていた。『ケガだけはしないようにとそれだけを考えていました。これで終わりという実感？前からわかっていたことだからね』しみじみとしたものは無く、思ったよりカラッとした感じだ。二番方の入坑を前に伊藤繁社長があいさつをした。『今、私の頭の中は空っぽで、何を言っていいかわからない。ただ無事に昇坑されるよう祈ります』——最後の方は声もとぎれがちだった。

二番方が、そして三番方がいつもと同じようにアナに入り、すべてが終わったのは二十九日午前四時。三番方の昇坑を最後に、大之浦炭鉱は長い眠りにつく。閉山式は十二月三日午前十時半から同鉱体育館で行われる。

最後の作業を終わりたる酒で労をねぎらうヤマの男たち

筑豊最後の坑内掘り、遂に閉山。昭和48（1973）年11月29日
西日本新聞筑豊版

貝島閉山と筑豊 〈上〉

〝筑豊[illegible]〟のヤマの灯が、五日、消えた。〝石炭ご三家〟の一つとして、九十年余のしにせを誇ってきた貝島炭鉱が、同日閉山したことで、かつての炭都・筑豊から大手の炭鉱はすべて姿を消し、第二上山田（山田市）など三つの中小鉱を数えるだけ。だが、地元に残された鉱害のツメ跡はあまりに大きく、産炭地振興もはかばかしく進まない。『貝島閉山』の波紋とそれに至るまでの軌跡、数多くの問題点を背負う筑豊のこんごへの期待などを、探ってみた。

膨大な鉱害復旧費
会社にその能力はない

重い遺産

埋め戻し費用20億円

『加害者が被害者の損害を弁償するのは当然。しかし、ここでは加害者にその力がない。だから、加害者の責任を追及しても、問題の解決にはならない。一会社、一地方自治体の力ではどうにもならないほど、問題はあまりにも大き過ぎます』

宮田町役場に、鉱害課が新設されてちょうど一カ月。小田勇三課長は、貝島炭鉱が残したさまざまな〝遺産〟を洗い直して、今更ながら、そのツメ跡の大きさにがく然としている。それは、町全体をがんじがらめにしばり上げている、見えない糸のようなものだ。その糸を切る力は、宮田町にはない。

四十八年十一月、最後の坑内掘り、大之浦炭鉱を閉山して以来、細々と貝島炭鉱の火を灯し続けてきた中央露天掘り。両者は、その露天掘り跡地の埋め戻しを、閉山の条件にしているという。ところが、埋め戻しをするには、五百六十万立方米の土砂が必要とし、その費用は二十億円という。自治体に、とてもその能力はない。[illegible]管財人は『サクを張りめぐらせるなど、危険でない状態にすれば閉山は認められるだろう』と言っているが『それでは困る』と小田課長。

露天掘り跡に湧水

『会社に埋め戻しの力がないなら、国でやって欲しい』と言う。採炭をやめた露天掘り跡には、いま、水がわき出している。このままでは、やがて町のど真ん中、町役場を見下ろす高台の上に、広大な池が出来るだろう。町のど真ん中にダムを造るようなものだ。『どれほど危険か、考えてみればわかるはず。しかも、町の下には坑道が縦横に走っている。その水が坑道を通り、いつ、どこに噴き出してくるか。考えただけでゾッとします』――小田課長はこう言っている。

埋め戻しをしない限り、これは当然起こる〝新しい鉱害〟だ。石炭によって鉱害を生み、閉山によって新しい鉱害をもたらす。かつて〝黒ダイヤ〟ともてはやされ、宮田町に君臨した〝貝島王国〟が、同町に残したものは、鉱害という名の遺産でしかないのだろうか。

総額は何と273億円

宮田、小竹両町を合わせた残存鉱害量と鉱害復旧費の概算はこうだ。農地が十二地区で四百ヘクタール、六十八億円。農業用施設がため池八カ所、水路二万七千七百二十メートル、農道一万四千二百九十五メートル、揚水機四台で、合計九十二億円。公共施設は土木関係が二十五件、十九億円。水道一万七千九百メートル、二億九千万円。学校三件、三億六千万円。公共建物九件、一億三千七百万円。鉄道四千六百メートル、八千二百万円。この他、私有家屋が二千四百十三戸にのぼり、百二十二億九千万円。宅地二千四百六十九筆、一億八千万円――総額はなんと、二百七十三億五千万円にのぼる。

この鉱害復旧がどうなるか。これからの最大の課題だ。『町と町議会、それに被害者が一体となって、国が全面的に肩代わりしてやってくれるように働きかけ、実現させる以外に方法はない』と言うのは、宮田町議会貝島閉山特別委員会の松谷哲男委員長。鉱害農地関係は、各地区ごとの被害者組合を結成し、宮田町と小竹町に、それぞれ鉱害関連被害者組合ができている。

炭住の屋根瓦落ちる

もちろん、国の肩代わりを実現させるには、貝島炭鉱を〝無資力〟と通産省が認定することが前提になる。しかし『それとは別に、今考えなければならない緊急な問題がある』と松谷委員長。

『最近古い炭住の屋根が突然落ちるという事故があった。幸い家族が買い物に出て留守だったが、家の中にいたら大ケガをしていただろう。このように危険な所は、早急に対策を立てなければ、事故が起きてからでは遅い』。

いま同町には、いたる所に廃屋となった炭住がある。そして、炭住に住んでいる人たちは二千世帯。ほとんどが炭鉱離職者だ。『いつかわら屋根が落ちてくるかわからないので、子供を外で遊ばせるのが心配』と言う主婦もいたが『なんとか、払い下げてもらえるようにして欲しい』という希望が、かなえられるかどうか。

また同町には、二千二百二十戸の町営水道給水世帯を上回る二千八百戸が、貝島専用水道を使っている。当然町に移管されるだろうが、維持管理が難く、移管後の補修にかなりの出費が必要となる。同社直営の貝島病院も、閉鎖される。『いろいろ町の負担になることばかり抱え込まねばならない』と言う小田鉱害課長。宮田町は〝貝島の遺産〟という重い荷を背負って、険しい道を歩かねばならない。

雑草は生い茂り、廃屋となった炭住。かつての繁栄はしのぶよすがもない

貝島炭坑、中央露天掘閉山。昭和51（1979）年8月6日　西日本新聞筑豊版

坑内夫だけれども職員。菅牟田に住んでいた。三七年に離職して大阪で新しい仕事に就いている。

自分たちを、あの貧しい人たちと一緒にされたくないというのがあったんだろうな、と今思うわけ。だから厳しすぎた現実をその人ほど知らないんだ、わたしは。はっきりいって。その人は「恥ずかしくって言えない」って若いころ言ったんだよね。なんとなくわかった。「ユキちゃん言ってんの?」って聞くから、「言ってるよ」って言うと「わたしは言えない」って。わたしたちがこうして筑豊を語れるというのは、厳しい現実とつかず離れずの距離にいたってことがあるよね。

鶴丸　わたしもなんのわだかまりもなく「筑豊出身」って言ってきたね。だから最初は「言えない」という感覚がよく解らなかった。でもこうやって、話を重ね、草稿を重ね、編集作業を重ねているうちに、わたしはなんで言えるんだろう、と逆に考えたのね。

まずね、前にも言ったように、筑豊で炭坑の閉山があいついだとき、わたしは、かなり引っかかって心のある部分に蓋をしてる。こんな時期に筑豊の外に出て「どこから来たの?」と問われれば、やっぱりその人と同じように「筑豊」と答えられなかったかもしれない。

中学に入って、友人たちもできて、顔が生き生きと目の前に現れだしたって感じかな。突っ張った女の子がいたの。炭坑の状況のしんどさの裏返しってことはすぐわかった。遠巻きに怯えたりはもう卒業してて、よく話をしてた。

そして二年七組。底抜けの人たちがいっぱいいて、現実の人間が好きになっていた。先生もさっき言ったようにさりげなくゆきすぎ、思いやりのなさを指摘する方で、自分の歩き方のモデルの一つを見つけたという感じだった。こんな感覚を身につけた自分が好きでね。

それにしても……、活気といえば聞こえはいいんだけど、ゴチャゴチャした中学校だったね。小学校とは大違い。廊下を走って、すごい形相で生徒を追いかけまわしている先生がいたりね。生徒も悪かったんだろうけど、先生もずいぶんと荒っぽい人もいた。このゴチャゴチャが好きだったんだな。猥雑だけれども本能むきだしの自由みたいなものがあって。管理されきれない自由。どこにとんでいくのかわからない自由。だからわたしは「筑豊出身」と誇らしげに言ってしまうのよ。

伊藤　なぜか筑豊を語りたくてしょうがなかったんだよね。友だちに会うといつもね、笑い話で筑豊の話をするのさ。なぜこんなに筑豊の話をするのか解らなかった。自分のなかで、こんなに筑豊を愛してるとは思ってなかったんだよ。面白い話、苦しい話、多すぎた。そういうのがあって、語り部みたいにしゃべりたかった。しゃべりたい意味がよく解らずにね。

『青春の門』という小説が出て話しやすくなった。映画にもなったし、どこの話？　ってならないわけ。誰も知らないところを一生懸命しゃべっても、誰も興味をもたないじゃん。

『青春の門』が忘れ去られたころに『東京タワー』が出た。またしゃべれるようになった自分が嬉しかった。同じことして遊んでるじゃんって。そんな問題じゃなかったろうが、と今思うわけだけど。自分の思いを持っていたんだなって。こんなに筑豊を、宮田を愛してたんだって。

鶴丸　リリー・フランキーさんの『東京タワー』、ようやく読んだよ。宮田で暮らした部分が、とても面白かった。映像化されたものを見て、ちょっと引けたもんだから、今まで読まなかったんだけど。「母を思う」物語にどれも仕上がってたからね。

小説によれば、彼はわたしたちより一回り以上年下で、筑豊最後の炭坑貝島大之浦が閉山する前後を宮田の町で暮らしてるね。小学校・中学校の時代を。宮田の町がどん底で薄暗くくすみきっている時代。あのころ、わたしも何回か町を歩いたことがあるけど、疲れきって、家の軒先まで歪んでいるような印象があった。家が歪むなんてはずないんだけどね。

彼の話を読んでいて嬉しかったのは、飢えてなければ貧しくない、という感覚をはじめ、いくつか共通感覚があったこと。あ、同じ土壌で育ったんだ、って。

伊藤　何年か前、ふるさとの話をするとき、こんなんじゃなかったんだよ。自分のふるさとは、こんだけ悲惨だったんだよって。ただそれだけだった。表面的なことで表現してた。

いま、こうしてあなたとしゃべっていると、どうしても訴えなきゃとか、伝えなきゃとか、そんな思いがふくらんできてる自分がどんどん出てきて。

鶴丸 そう、悲惨だったけども、人間というのは捨てたもんじゃないよ、とか。

伊藤 どんな環境にあろうと、まわりが引き合って、助け合って、怒られたり、慰められたり、褒められたり……。

で、的外れがなかった。

鶴丸 問題とすべきことがはっきりしてた。わかりやすかった。腹の中がわかりにくい人はいなかった。筑豊を出たら、忌憚のない批判をお願いします、っていうから、忌憚なく批判したら、以後嫌われたり。不思議なとこだな、日本って、と思った。日本のなかの異界だったのかもしれないな、筑豊は。だから、うずくような感覚を伴って懐かしがったんじゃないかな、わたしは。

伊藤 あのなんともいえない人柄というのはいないよな。あちこち回って、なんでって思うことといっぱいだった。常識からはずれてるってすぐ言われる。

そんな悲惨な状態なの？　と軽く言われて、そういうこと言ってんじゃないんだけどな、って思うわけ。

鶴丸 そう、悲惨さを言いたいわけではない。でもすごく自慢したいものがある。それを言うためには、その前段階で歴史を語らなきゃと思うわけよ。そうするとその部分での反応が気にいらなくて、しゃべるのをやめてしまう。逆に、背景の歴史抜きでしゃべると、なんとも薄っぺらく軽くって。自分でもつかみきれてなかったんだろうけど。

本質的なものが剥き出しで、だから、それに向かい合ってた。

伊藤 鍛えられたんだよ。本当にちがうんだもの。どう説明しても、この筑豊のことは理解してもらえないの。誰に説明しても。

鶴丸 ちょっとした疎外感があったかも、外に出て。この異界感覚だったんだな、と腑に落ちた。そしたら、すーっと、また視界が開けてきたような気がする。日本のなかの異界っていっぱいあるじゃない。はずれたところ、はずれた人たち。在日朝鮮人もそう。朴さんのことを思い出したり、気になったりしはじめたのも社会に出てから。しきりに気になったのね。いま、新聞に群馬県の大泉町のことが出てたりすると必ず立ちどまる。日系のブラジル人が大勢移住してる町ね。

なんで、そういう人たちが気になり、引かれるんだろうと思ってたわけよ。ずーっと、負い目かなと思ってた。でも今ようやく腑におちた。それだけじゃなくて、共鳴してたんだ。

差別は許せないよ。弱い立場の人に対し、自分が遠巻きに眺めたり、思いやりない態度をとったりすることは体のセンサーが反応するよう筑豊で仕込まれたように思う。だけど、それだけじゃなくて……。そうか、あの人たちも日本の社会で異界感覚とか疎外感を感じながら、自分の居場所を造り上げようと懸命に生きているんだな、という同郷人への共感みたいなもの？　いま納得したよ。そこにはしんどい話はヤマほどあるだろうけど、ものすごいエネルギーの芽もいっぱい蠢いているんじゃないかな、という期待がある、わたしには。

伝えたかったんだ

伊藤　思い出語りからはじまって、それが自己発見の旅だったと気づいて一段落ついたとき、あ、しゃべりたいだけじゃなかったんだ、伝えたかったんだって気づいた。

いいかげんでタナボタで落ちてくるものを大事に拾って育てればいい、という安易な思いだったんですよ。いままでそれでうまくいってたから。負けて勝つことがいいんだと、負けて勝つのは何度も経験してるのね。最悪のときに、なにかいいものが転がっているよと思っちゃうの。いまこんなにつらいんだから、絶対もう少し上へいこうと思っているど、タナボタが落ちてくるんですよ。どん底の気持ちをフッと持ち上げてくれる？　それで、あっと思って、ただ歩いていると、開けるてくるの。死にたいくらい苦しかったものが、どこに行っちゃたの？って思う。

いまの子どもたちの状況に不安があるわけ。感性とか情緒がどこで育つのか。それを育てるのに、友達とか恩師とかいろんな人がかかわってくれて、はじめて成り立つわけよ。もてる気質、性格はかわらないよ、それをまろやかにつつんでくれたり、強烈にしてくれたり、そういう仲間がいたから、生きてるという充実感がもてた。いま振り返れば、なんて充実感のある生き方をしてたんだろう。いい時代だった。

土壌がね。農薬ははいってない、虫もいる、なにもいる、差別もなにも全部あり。でもそれが自然体の土であり、そのなかで、虫をなんで殺さなきゃいけないかとか、邪魔になる雑草をなんでひっこぬかなきゃならないかとか、考える材料がいっぱいあった。

どん底に落ちた悪いときこそ、いいものがいっぱいころがっている、と。大いに悩め、大いにバカをやれ、そういうことを伝えたかった。悩んでる若い人たちへ。

鶴丸　こうして話を聞いていて、ふむふむと納得してた。でもなんかちょっと違和感が残ってね。ちょっとザラッとした感触が残ってね。

年末、テープを聞きながら、とろとろ仕事をしながら、考えていたのよ。なんだろう、と。で、負けて勝つという信念と時代がよかったという認識に対して、だと思ったわけ。言葉じりを捉えすぎかな、と迷いながらも、すぐにこの違和感をメールで送って、二週間、考えた。お互いに。

で、二週間たったわけだけど。

負けて勝つ、という言葉、わたしたちが今まで見てきた炭坑の盛衰の文脈のなかにおくと、とてつもなく残酷で軽い言葉なんじゃないかと感じたのね。単なる処世の言葉じゃないかな、と。

わたしたちは小さかったし、現場も遠かったし、だから労働運動がなにも見えなかった。でも炭坑の労働者は自分と家族の生活をかけて、生きることをかけて闘争をやってたんだと思うのよ、どん底のなかで。その方たちを前にして言える言葉なんだろうか。

もちろん対象が違う。あなたは悩める若者に向けたメッセージのつもりで励ましの言葉として言ったし、わたしもそのつもりで聞いていたから、あのときは聞き流してしまったけど。

伊藤　メールの意図したもの、わかったよ。認める。負けて勝つ、って言葉は撤回する。

でも、なんちゃってなる、ってわたしはよく言うのね。そういう意味なのよ。落ちることを怖がるな、落ちたらいいものいっぱい転がってるよ、と。

時代は良かった?

鶴丸　もう一つの違和感は、今を憂えてると、ついついあの時代は良かった、とわたしたちは言ってる。本当にそうだろうか。

ある知り合いが、こう言ったの。戦争中はよかった、と。えっ、と思って、なんで?と聞いたの。彼女はちょうど女学生だったから、勤労動員をかけられている。勉強なんかしないで、工場にかり出されて労働ばっかりだったと思うの。みんな心が一つになって美しかった、っていうのよ。その人が「よかった」というのは、自分の心が充実していたと思える時代だったからじゃないのかな。自分が心から頑張った、とか。

わたしら、過去をふりかえってみて、自分の充実感と歴史的な時代の評価を混同しがちなんじゃないかな。

もう一つ、彼女の例で思うことがあるの。戦後、彼女は五人の弟妹を育てる経済的支柱として頑張らなきゃならなかったのね。頑張って頑張って、一段落ついて、はっと気づいたら子どもたちの心、親たちの心がわからなくなっていた。先生と子どもたちの心が一つにならないことの愚痴をよくこぼしていたのよ。そのころ、新しい生活を築こうとしているときでもあったので、定年まで十年はあったけどスパッと教員をやめたの。子どもたちと通いあわないそのつまらなさに、昔はよかった、と言ったんじゃないのかな、と想像するの。時代についていけないもどかしさから、戦争中はよかった、とか言ってしまうとこがあったんじゃないかな。わたしはそう思った。

あなたは無頓着にあの時代はよかった、というけど、本当にそうだろうか。流されまいと思って、あえて言うんだけど、あの時代は決してよくなかった。

エネルギー政策の大転換でできた大きな裂け目に落っこちて、はい上がれなかった人がいっぱいいるんじゃないかな。大量の失業者は、みな家族を養える新しい仕事に就けたただろうか。朴政子さん、羽崎千代さんにとってあの時代は過酷だったのではないだろうか。いまの時代だったら二人とも生きられたかもしれない。

あの時代は、日本の社会の構造が大きく変わっていった節目の時代だと思うの。筑豊はそのひずみに巻き込まれ、丸ごと裂け目に落とされた。変わることで、日本は高度成長、大量消費の時代を実現し、自前のものを捨てていった。エネルギーの自給率が激減していったように、農業の自給率も落ちていった。農業には農薬、化学肥料の多使用という変化もでてきた。いま、困った問題だといってるものの基本がこのころ種が蒔かれたように思うのよ。

個人的なことを言えば、母は農薬のパラチオンを撒いていたのよ。どこもそうだった。それが五〇歳にして死ななきゃならなかった原因だったんだろうと、いま、わたしは思ってる。

伊藤 時代と自分の充実感とは別物だということね。

けれども——あとがきにかえて

鶴丸　けれども、今になくて、あのころの筑豊にあったものは？

伊藤　たとえば、わたしはそう悪いことをしたとは思わなかったんだけど、怒った母に追っかけ回されたことがあるの。隣のおばさんが、ユキちゃんどうしたのって、白いエプロンの後ろに隠してくれてね。そこに隠れて、あまり泣きすぎちゃって鼻水がズルズル出て、その鼻がおばちゃんの白いエプロンにベターッとついて、という記憶があるのよね。あとからなんにも言われなかったし、そういう、子どもを守る体制が隣近所のなかに現実にあったのよ。

あのとき助けてもらったということは、今度なんかあったときに自分がこうすればいいんだなって。早苗がやってること見て、こういうときこうすればいいんだなって。それが、生き方のマニュアルになっている。そういうことがいっぱいあった。

あんたなんか嫌いよ、なんてしょっちゅう言ったじゃない。あっ、そうなのって半分本気、半分嘘みたいな、そういう会話、発達したじゃない。いまはあんた嫌いって言われたら、そのまま。完全否定ととっちゃう。

鶴丸　人間としての自信と信頼関係の問題かな。まずはあんたはあんたでいいよ、と。まるごと肯定して信頼関係を結んで、言いたいことを言う。そうすれば、さっきのわたしたちみたいに言い合いも上手になるんだけどね。

伊藤　いまは、この「人間対人間そして環境」というシステムが壊れてしまって、人間のなかにコンピューター的な考え方が入り込んでいる。〇か1か。白か黒か。それは勝ち組負け組とかいう言葉にもなる。人間ってそんなもんじゃないんだよね。わたしはそれを言いたい。

　政子にしても、あの孤立した状態のまま卒業したら、中学なんて記憶にも残したくないって、育った環境、育った時代を思ったはず。彼女が、すごく楽しかったという言葉を残せたってことは彼女にとってすごいことだったと思うのよ。それは周りのみんなが支えて、はじめてできたことじゃないのかな。

　やっぱり人数が多いというのはすごい力になる。そういうことができないかな、と思っていま動いているところなのよ。協力してくれる人たちと千坪の畑で野菜を作り、畑で採れた野菜を売りながら。

もう一つ。野性の動物は命を存続させるために必死に働くじゃない。見てると涙が出てくる。あの時代、生きるのが厳しかったからかもしれないけど、親の背中には存在感があったよね。尊敬したり、反発したり。ある意味、生きる知恵が、野性の動物と似通ったとこがあった。そのことを思うのね。いまはどうだろう、と。わたしを含めて。

鶴丸　豊かさと関係してるんだろうけど、落ちるとこまで落ちたら野性的な本能は目覚めてくるさ。それを待つしかないよ。

ほら、わたしたちは、筑豊のおバカあがりじゃない。おバカの真骨頂は、計算しない、出来ない、くよくよ悩んでそのあと開き直り、動く。実践する。なるようになるさ、と。もうこの年になると落ちるのも面白いし、どんな風に落ちていくのかなって興味しんしん、みたいなとこがあってね。わたしたちについても社会に対しても。

それに、いまの時代も、さりげなく当たり前に、困ってる人の手助けをする人たち、いっぱいいるよ。身近にそういう人たちを知っている。その人たちは自己顕示しないから目立たないけどね。そういう人たちが好きだから、そのまわりをうろうろしながら生きているんだけど。

ただ、お互いさまで助け合おうにも、なにせいまは見えにくいのがしんどいね。昔は凸凹がむき出しだったからね。

こうやって年とって、身体は動かなくなって、やがて土に帰る。つくづく思うのは、わたしは動物という生き物なんだなって。食べて出して、そしてあと心通いあう人がまわりにいてくれたら、と願う存在。いくらデジタル化が進んでも、グローバリズムが進んでも、この人としての基本は変わりようがない。いつか、みなここに立ち帰ってくるのでは、と願ってる。振り子が振れて戻ってくるように。

二〇一一年二月

参考図書

『宮田町誌　下巻』一九九〇年
『おおのうら十年史』貝島大之浦炭鉱労働組合編、一九六〇年
『廃鉱譜』上野英信、筑摩書房、一九七八年
『朝鮮海峡――深くて暗い歴史』林えいだい、明石書店、一九八八年
『闘いとエロス』森崎和江、三一書房、一九七〇年
『骨を噛む』上野英信、大和書房、一九七三年
『土門拳写真集　筑豊の子どもたち』築地書館版、一九七七年
『にあんちゃん』安本末子、ちくま子ども文庫版、一九七七年
『生存権論』大須賀明、日本評論社、一九八四年
『how to生活保護』東京ソーシャルワーカー編、現代書館、二〇一〇年版
『銃後史ノート』復刊4号　女たちの現在を問う会編、JCA出版、一九八二年
『銃後史ノート　戦後篇』①④⑤女たちの現在を問う会編、インパクト出版会、一九八六、八八、九〇年
『岩波講座　日本歴史23　現代2』岩波書店、一九七七年

鶴丸幸代（旧姓・吉田）
1950年生まれ。千葉県松戸市在住。
伊藤幸野（旧姓・友原）
1949年生まれ。茨城県つくば市在住。

15の春まで　筑豊にて

2011年４月10日　第１刷発行
著　者　鶴　丸　幸　代
　　　　伊　藤　幸　野
協　力　古　野　早　苗
　　　　井　田　裕　治
　　　　田　代　保　博

装幀者　藤　原　邦　久
製作発行　㈱インパクト出版会
〒113-0033　東京都文京区本郷2-5-11　服部ビル2F
Tel 03-3818-7576　Fax 03-3818-8676
E-mail：impact@jca.apc.org
http:www.jca.apc.org/~ impact/
郵便振替　00110-9-83148

印刷・製本　モリモト印刷